U0455170

流浪医生的末日病历

皮卡第三度 —— 著

图书在版编目（CIP）数据

流浪医生的末日病历 / 皮卡第三度著 . — 北京：中国致公出版社，2021

ISBN 978-7-5145-1860-3

Ⅰ . ①流… Ⅱ . ①皮… Ⅲ . ①幻想小说—中国—当代 Ⅳ . ① I247.5

中国版本图书馆 CIP 数据核字（2021）第 181713 号

流浪医生的末日病历 / 皮卡第三度 著

LIULANG YISHENG DE MORI BINGLI

出　　版　中国致公出版社
（北京市朝阳区八里庄西里 100 号住邦 2000 大厦 1 号楼西区 21 层）
出　　品　雁北堂（北京）文化传媒有限公司
（北京市西城区展览北街华远企业中心 D 座）
发　　行　中国致公出版社（010-66121708）
作品企划　北京轻之文库文化传播有限公司
雁北堂（北京）文化传媒有限公司
责任编辑　李　薇
责任校对　吕冬钰
封面设计　射鹿小仙
内文设计　冉　冉
责任印制　张　辉
印　　刷　河北文盛印刷有限公司
版　　次　2021 年 12 月第 1 版
印　　次　2021 年 12 月第 1 次印刷
开　　本　880 mm × 1230 mm　1/32
印　　张　8.25
字　　数　161 千字
书　　号　ISBN 978-7-5145-1860-3
定　　价　45.00 元

目录　CONTENTS

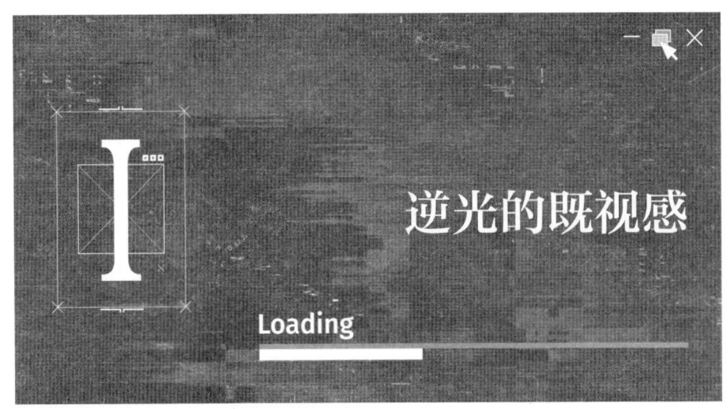

房间狭窄，却亮得让人不安。

我和助手站在床前，身后是发着高烧的男孩，眼前是四个拿着利刃的黑衣打手，和一个大腹便便、带着把枪的中年男人。

这人是某个聚居点的首领，请我过来给他重病的独生子看病。不过，他刚刚用枪对准我和助手，还声称床上的男孩是他花两块面包雇来演戏的。他劝我们放弃抵抗，乖乖把带来的药交给他，否则别怪他不客气。

交涉并不顺利，我们没有放弃抵抗，他则打算在倒数三个数之后让打手们把我和助手大卸八块。当身着黑衣的打手们即将一拥而上时，看着助手逆光的侧脸，我突然想起了我们二人初遇的那个遥远的下午。

同样是刺眼的阳光，同样是室内因不流通而黏稠浑浊的空气，同样被人用反射着危险光芒的凶器直指。

只不过，那时我孤身一人，束手无策，而用武器对准我的人也只有一个，比我略矮，干瘦。他如同变魔术一般，不知从何处掏出匕首，在一瞬间对准了我的喉咙。我还来不及架起手弩，就在他的胁迫之下，开着房车，驶向即将和助手相遇之地。

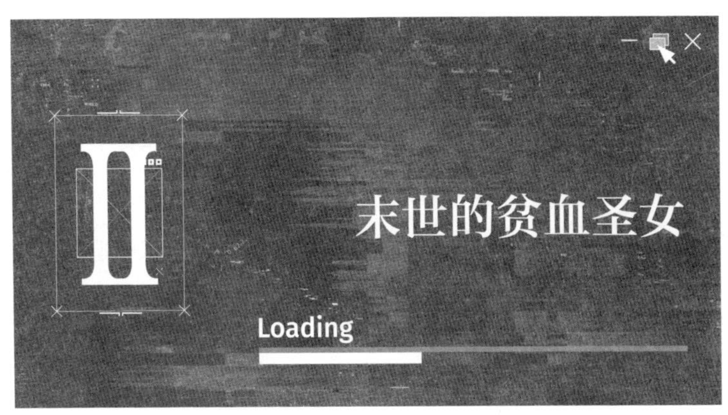

“我这周的时间表已经排满了，你说的这个病情听起来也不是很严重，这样，我下星期二再去你们那儿，你看……”

“现在就去。”眼前的男人面无表情地打断我。

“这周的病人里有好几位症状都比你这个严重，你说的病人多半只是贫血，没有插队的——”

“现在。”男人再次用无机质的声音截断我的话头。

我不由得提高了音量：“我再说一遍，你说的症状只是单纯的贫血，就算——”

男人第三次打断我，不是用语言，而是用匕首。在我反应过来之前，不到一秒钟的时间里，不知从哪儿冒出来的刀尖指向了我的咽喉。银色的刀身闪闪发亮。

“现在就去。”男人用一成不变，几乎置身事外一般缺乏情感的声音命令道。

我想伸手从白大褂的里侧掏出手弩，男人的刀尖立刻往前移了一寸，几乎抵住了我的咽喉：“现在。”

下午刺眼的阳光如长矛一般，透过车窗玻璃射进来，我沉默地举起双手。

“前面右转。”

我坐在驾驶座上开车，而男人看起来就像我的好哥们儿一样从后面趴在驾驶座上，正在帮我指路。

不仅如此，他的一只手还握着匕首，匕首正亲密地横在我脖子前面。只要车速在不该下降的时候下降，匕首立刻就往我脖子的方向迫近。

明明只要掏出手弩就能解决的这个男人，此刻却如同附骨之疽一般粘在背后，任凭我怎么挣扎也甩不掉。

“还有多远？”我试图跟这个人聊聊。

沉默。

“你叫什么名字？”我隔了一会儿又问。

沉默。

我绝望地发起最后一次交流的尝试：“你说的病人到底——”

“前面掉头。”

我恨不得一个急刹车把这人甩飞出去。

在拐了不知多少个弯、绕了不知多少圈路之后，男人终于说出让我如释重负的两个字：“到了。”

我缓缓把车停稳：“既然已经到了，能不能把这玩意儿拿开？你到底是绑架我还是让我来看病？”

下一个瞬间，男人再次在我反应过来之前把匕首收了起来——在我把头扭过去时，男人已经两手空空地站在那儿了，仿佛根本就没有什么匕首，他只是个人畜无害的指路人。

我站起身来，出于忌惮，还是跟男人打了个招呼：“那我下车了？”

男人直勾勾地盯着我腰间的某处，那是我挂手弩的地方。

我叹了口气，掏出手弩放在车座上，问道：“现在行了吧？”

男人像一座活雕像一样，不自然地点了点头。

也罢，至少，我还是来给人看病的。大概吧。

下车之前，我瞟了一眼仪表盘下面的时钟。液晶屏上总共有三行文字，最上面的一行最大，写着“16：22”，中间一行的字就小得多，是“2143 年 9 月 25 日　星期三”，而最下面一行的字就更小了，而且从我看到这块屏幕以来从未改变过，上面写着，“错误：未接收到电波 - 请手动校对时间”。

时钟没坏。当然，我的脑子也没坏。坏掉的，大概是报时电波消失了的这个世界吧。

简而言之，在几十年前那场大灾变之后，城市沦为废墟，乡村化作荒野，全世界的人口只剩下不到灾变前的百分之三。大部分的社会结构和组织，都被毁灭性的瘟疫摧毁殆尽。

而那不知是幸运还是不幸的百分之三，为了在蔓延的瘟疫中苟延残喘，不得不分散到大灾变后期草草建成、基本上等距离分布的聚居点中，以对抗疾病的传播……直到今天仍旧如此。

换句话说，如果把人类的发展史画成折线图，不管之前是什么形状，以大灾变的发生为起点，折线开始呈断崖式下跌，在一探到底之前勉强停了下来——真是可喜可贺——随后开始危险地贴着标志着“人类灭绝”的坐标轴低空飞行，而这一飞就是好几十年，直到现在也没有上升的迹象。

而我则是一名医生，一名穿梭在各个聚居点之间，可能是这世上唯一的流浪医生。

大灾变后的医生无一例外，全都和聚居点绑定在一起。要问为什么的话，聚居点外广阔的废土上，只有杀人如麻的掠夺者和无孔不入的拾荒人在游荡，不仅如此，许多掠夺者走投无路时也靠拾荒度日，而不少拾荒人也能抓住机会，把刀刺进别人的胸膛——这种人命一文不值的地方显然不欢迎什么手无缚鸡之力的“白衣天使”。只有相对稳定的聚居点内部，才有医生这个物种生存的空间。而一个聚居点里一旦有了医生，居民们也多半会抓住他不放，不可能让他跑到别的地方去。

就连我本人，也不是自愿来当什么“流浪医生”的。我流浪的原因其实很简单，一年半之前，我被聚居点赶了出来，因为我染上了自己也束手无策的致命恶疾。

我得的病没有学名，通用的俗称是“自爆病”，是大灾变期间横扫整个世界的三种“新型传染病”中最温和，但也最诡异的一种。

说它温和，是因为自爆病的潜伏期长短不定，理论上最长可能持续到患者老死，而潜伏期内，除了整个眼睛从眼白到眼珠都变得通红之外，没有任何可以检测或者能感觉到的症状。

说它诡异则是因为，一旦发病，自爆病的症状只有一种——患者会按照字面意义，没有任何征兆地自爆。在爆炸时不幸离得太近的健康人，在受到精神冲击之余，百分百会被传染。

最后，也是最重要的一点，自爆病和其余的新型传染病一样，没有任何有效的治疗手段。

我站在房车车门前，眼前是一个很不起眼的山洞洞口。除了我勉强开过来的那条土路，洞口四周几乎被肆意生长的树木遮掩得严严实实。

男人抬了抬下巴，无声地催促我进去。我并没往里面走，而是接着问了他一句："你到底是什么人？"

男人看了我一眼，答道："猎人。"

虽然我完全理解这个词的含义，但此时此刻从此人口中听见这两个字，只能让我更摸不着头脑。

"猎人？我不是问你——"

男人再次用身体打断我的话。万幸，这次没用武器，他只是用手不轻不重地在我的背上拍了一下，大概是叫我少说废话，先进去再说。不用匕首已经算是优待了，我猜。

我耸了耸肩，逆着斜阳，步履沉重地往黑漆漆的洞中走去。男人紧跟在我身后。

洞里姑且还有照明，适应了之后亮度也还算凑合。不过山洞内部的宽阔程度着实出乎我的预料。一进洞口，就是一个和门厅功能类似、相当宽敞的空间，空间深处甚至还有两条岔路。

一个胡子乱蓬蓬、看起来比我身后男人的年纪大了不少的人正拄着一根棍子站在门厅深处，看到我们进洞，立刻迎了上来。“夹子去休息吧。”

听到这句话，被称为夹子的男人像是触发了隐藏的声控开关一样，悄无声息地消失在左边那条岔路的深处。

门厅里的男人随即转向我：“你就是夹子请来的流浪医生？”

这次换我沉默地点点头。

“我叫剃刀，夹子、我和这山洞里的其他人都是猎人。夹子跟你说过我们的事情吗？”

“没。”

剃刀眼神闪动：“夹子动粗了？”

我一惊：“你怎么知道？”

“夹子本来就一根筋，你现在满脸火气，话也不多说一句……我替夹子道个歉。”说着，剃刀低下头去。

我叹了口气：“省省吧。有道歉的闲工夫，不如现在就放我走。听那个夹子的描述，病人根本就没危险，完全可以等到下周二。现在还有好几个病人等着我呢。”

剃刀把头抬起来直视我：“动粗是夹子不对，但命令是我下的。”

“什么命令？”

“务必在今天之内把医生请到我们这儿来。”

我被气笑了：“你这命令和直接让夹子把我绑过来有什么区别？我再跟你说一次，你们这个病人的病就是普通的贫血，根本就不值得大动干戈，完全等得起……”

“等不起。”

我反感地皱起眉头：“怎么等不起？”

剃刀的眼里闪出和年纪不相称的狂热光彩：“圣女大人的病，一刻也耽误不得。”

我揉了揉眼睛——随后觉得不对，又搓了搓耳朵，问道：“什么圣女？这年头哪有什么——”

“医生。”剃刀打断我的话语里带着一丝危险的气息。

“圣女大人就是圣女大人，即使你是来治病的医生，也绝对不能对圣女大人有一星半点的质疑。”

“可是——”

“没有什么可是！”提到“圣女”的剃刀和一开始那副稳重模样的他完全判若两人。

我的火气也上来了：“圣女这么伟大怎么还会生病？生病了要我这种普普通通的医生干什么？”

剃刀完全听不进去我说的话：“不干什么，即使你是来给圣女大人治病的，也不能……”

“剃刀叔叔，你怎么跟人吵起来了……”一个十五六岁的小姑娘不知什么时候跑到了门厅里，她穿着洗得发黄的白色睡袍，一副刚睡醒的样子，正用手揉眼睛。

“圣……圣女大人？您怎么自己跑出来了？”

所以，这个看起来不怎么机灵的小丫头就是“圣女”？！

剃刀慌忙转向小姑娘那边。如果不是用词太过诡异，这两个人看起来和一对普通的叔侄也没什么区别。

“我刚睡醒就听见外面有人吵架，所以……”少女用手指着我向剃刀问道，“这个人就是你们说的流浪医生吗？”

剃刀煞有介事地点了点头。

少女把注意力转向我，开始上下打量起我来。而不习惯被人盯着看的我，居然不由自主地随着少女棕褐色的眸子考虑起自己的相貌来：我，流浪医生，乱蓬蓬的短发，戴一副满是划痕的眼镜，上次量身高时是一米八二，体重……忘了，总之看起来有点弱不禁风。穿着从叔叔那里继承来的白大褂，长度有点短，却宽大得过了头……

“剃刀叔叔。”

“圣女大人请讲。”听到“圣女大人”四字时，少女似乎撇了撇嘴，“我想和这个人单独待一会儿，可以吗？”

剃刀横了我一眼，随即用宠溺地语气回答道：“当然可以。”

说完，他的身影消失在一条岔路的尽头。宽敞而昏暗的门厅里，只剩下手足无措的流浪医生，以及猎人们口中的圣女。

“你叫什么名字？”见我似乎有些尴尬，少女先开了口。

“我……没有名字，我只是个流浪医生而已。”我挠了挠头发。

少女睁大了眼。对于一般人来说，听到“我没有名字”这样的回答，这种反应大概是最正常的吧。

“真的吗？我以为世界上没有名字的人只有我一个！”

这次轮到我双目圆睁了：“真的？你不是圣女吗？圣女怎么可能没有名字？”

少女的眼神一下子黯淡下去：“圣女就是没有名字的呀。不光名字，圣女也没有爸爸和妈妈……叔叔们都说，圣女就是圣女，是上天的孩子，名字、父母那些都是人类的孩子才会有的，上天的孩子是没有的。”

我一时语塞。

“所以，你也和我一样，是上天的孩子吗？上天的孩子，就是没有爸爸妈妈，也没有名字吗？”少女带着点哭腔问我。

“这……怎么可能？”我脱口而出。

“就是啊！我从一开始就觉得叔叔们在骗我，可是我问过他们好多次，我问过剃刀叔叔，问过夹子叔叔，问过斧头叔叔……他们说的话全都一样，全都说我是什么‘上天的孩子’，是‘圣女’……这怎么可能啦！就算说我是捡来的，也比‘圣女’这种莫名其妙的东西好得多了！”

我忍不住追问道：“那你到底是怎么和这些‘叔叔们’相遇的？”

少女摇摇头：“我……我不知道。从一开始，我就和叔叔们在一起了。我算算……”少女开始掰手指头，掰了好半天，才接着说下去，“唔，到现在已经六年了。我怎么忘了，前几天叔叔们刚刚给我过了六岁生日……”

我忍不住打断少女："你说什么？六岁？不管怎么看你都不止六岁，至少已经十多岁了吧？"

"唔，呃……欸？好像也不是不行……"

"什么叫不是不行，你肯定不止六岁啊！"我哭笑不得——然而，某种极恶劣的可能性不禁在我脑海中浮现出来，"等下，难道，不……叔叔们平时都和你做些什么？他们会不会……"

少女一脸茫然地望着我。

"比如说，那个，你们……啧！我直接问了吧，有没有哪个叔叔平时的举动很奇怪，会和你……亲密得过头，或者……或者，弄疼你什么的？"

少女脸上的茫然更多了一些："我不懂你的意思……叔叔们对我确实很好，他们谁也没弄疼过我呀。只有一次，我把斧头叔叔心爱的戒指藏起来了，他知道是我藏的之后要打我的屁股，但是剃刀叔叔让我先到外面去玩……"

"咳——咳。"是剃刀的声音。我抬头一看，这人不知什么时候已经站在了门厅一角，脸上的表情极为难看。

"剃刀叔叔？你怎么了，感冒了吗？"

剃刀对着少女挤出一个僵硬的笑容："没有，只是突然想起一件事情，要和医生谈谈。圣女大人，能不能先请你到里面等一会儿呢？马上就要开饭了。"

"欸？好啊……那我先进去了。"少女依旧是一副搞不清状况的样子，不过还是老老实实地离开了门厅。

"医生，你在给圣女灌输什么不正当的想法?!""圣女"一走，剃刀不再掩饰愤怒。

“是我在灌输，还是你们在灌输？她怎么可能是什么‘上天的孩子’，还因为这种稀烂理由没有父母和名字？”

剃刀一怔：“你一个外人，没有资格对猎人内部的事指手画脚！你又凭什么说圣女大人不是上天的孩子？”

我握紧了拳头：“好，我懒得和你争什么圣女不圣女，但你睁大你那双眼睛好好看看，你们圣女的个子都快和你差不多高了，只有六岁？你自己信吗?！”

剃刀的气势一下子矮了下去：“这……这是我们的事，没有你插嘴的份！”

“你们的事，就是告诉十五六岁的女孩子她只有六岁，还问我在给她灌输什么东西?！”我本来等着剃刀反驳或者直接动手，但二者都没发生。

剃刀只是铁青着脸，脸上的肌肉不自然地抽动着，嘴里反反复复，不出声地念叨着某两个字。似乎是……“老大”？

老大？那是谁？为什么被问到痛处，他不提别人，却要……

没等我接着想下去，剃刀重重地用手里拄着的棍子敲了一下地面。敲击声过后，站在我眼前的人，又变回了最开始那个为了动粗替夹子向我道歉的剃刀。

“医生愿意怎么想，我们没有办法左右。但那不光是对圣女大人的亵渎，也是对我们所有猎人的……我不期待你能理解我们和圣女大人之间的因缘，但是，我恳请你，不要再对圣女大人灌输你那些龌龊的想法了。”

说完，他转身走进左侧的岔路。在彻底消失在黑暗中之前，他像是突然想到什么一样，扭过头来对我说道：“客房在右手边最里处，当然，你要是不习惯，也可以住自己的车里……希望在你治好圣女大人的病之前，我们能和睦相处。”说完，剃刀的身影彻底没入黑暗。

说起来，猎人们把我弄到他们的这个巢穴来，就是为了给“圣女”治贫血，可是聊了这么长时间，她身体上的问题我一点也没看出来，心理上的问题倒是很大的样子。而且不光圣女本人，就连夹子和剃刀也不怎么正常。我又不是什么精神科医生，如果“猎人”的数量再多一点，和这么多不正常的家伙待在一起，就算他们不打我的主意，我迟早也要被同化掉。

反正也是被绑架过来的，我还不如趁机溜了再说。正巧门厅里一个人也没有，而洞外就是我的房车——再在这儿逗留下去，恐怕就没这么好的机会了。

怀抱上述想法的我一路畅通无阻地回到了房车上，发动了房车，掉转车头——顺利得自己都不大敢相信。

我通过后视镜回望了一眼越来越小的山洞洞口。古怪的猎人们，再见了，但愿你们能和你们的圣女——没等我在心里把话说完，一个急弯出现在眼前。随后，后视镜中的风景只剩下越来越昏暗的茂密树丛。

两小时后。

我垂头丧气地把车停在猎人巢穴洞口前的空地上，没人拦我，我是自己回来的。

我至少在猎人巢穴周围兜了三四个大圈子，每次的路线还都不一样，更过分的是，不管怎么绕，最后都能绕回到山洞洞口来，仿佛这鬼地方根本就不和外面的世界连通似的。

现在天已经彻底黑了，密林里的光线极差，车灯对此无济于事，而且再绕下去，别说绕出密林，恐怕连猎人巢穴的入口都找不到了。万一林子里有什么昼伏夜出的东西，到时候遭殃的还是我自己。

我刚把车停稳，有节奏的敲击声就在车门处响了起来。我隔着车身冲外面喊道："什么事？"

外面的人答道："医生，你初来乍到，兄弟们等着给你接风洗尘呢，怎么连个招呼也不打就出去兜风了？"

我绝望地打开车门，外面又是一张没见过的面孔。

"我叫铁锅，"铁锅笑眯眯地说道，"剃刀让我做好了饭就在这儿等你。林子里还挺危险的，也没什么好景色，医生去了这么久还挺有雅兴的。"

行吧，这算看破不说破吗！

铁锅领着我下了车，进了猎人巢穴后我发誓这次一定要记路！

我们先是走了右边那条岔路，第二个岔路走了左边，第三个还是左边，然后又是个十字路口，走了……哪边来着？紧接着是一个环路，走的是右手起第二……第三个路口？竟然还有岔路！好吧，我投降，注定了是记不住出去的路了，索性最后是一条笔直的路直通目的地。

宴会厅，姑且这么叫吧，比门厅还要大，墙壁上没有电灯或油灯，倒是插了不少蜡烛。宴会厅里有两张大桌子和一张小桌子，两张大桌子旁边基本上坐满了，人数加起来将近二十；小桌上倒是放好了餐具，但旁边只有两把椅子，空无一人。

铁锅领着我到了右手边的那张大桌旁，让我坐到剃刀和夹子中间，然后自己出了宴会厅——大概是准备上菜去了。

我心里暗暗叫苦，坐我左边的人拿着匕首在我面前比画了一下午，右边的人两小时前还在怒斥我“齷齪”，这让人怎么安心吃饭——不过本来这地方也够诡异的，我能安心吃饭才是怪事。我只好硬着头皮正襟危坐，等着看这些人下一步要搞出些什么名堂来。

那张小桌子也挺让人在意的。我本以为那是“圣女”的位置，但很快就发现，“圣女”坐在另一张大桌旁，和两边的猎人都保持着半个身位的距离。

“咳。”是剃刀清嗓子的声音。宴会厅里顿时安静下来，“今天，我们请到了药到病除的流浪医生……”

你还真好意思说“请”……还有特意说一句药到病除是什么意思，要是我治不好，你们还要把我献祭了吗？

“来为圣女大人——疗……这个，治病。”

你卡什么壳啊。

“让我们这个这个……祝……祝愿，圣女大人，早日康复！”

难道是单纯的词汇量不足吗？

“我的话完了。”

你刚才怒斥我的时候不是很能说吗！这不伦不类的致辞听得我十分难受，剃刀一说完，我不禁长出了一口气。在剃刀说完话之后仍旧鸦雀无声的宴会厅里，这叹气声显然有点突兀……

霎时间，连同刚说完话的剃刀、不说话的夹子、感觉话可能很多的铁锅在内，二十双眼睛齐刷刷地带着怒意对准了我。至于“圣女”在不在这些人的行列里，我就没有余力去注意了。

剃刀瞪了我一会儿，别开了视线，说道：“那么，现在开始默祷。”

猎人们纷纷低下头去。我努力控制住再次叹气的冲动，看了一眼“圣女”的位置，却发现她和我一样在东张西望。眼神相对的一瞬间，她像受惊的小动物一样，慌忙把头低了下去。

剃刀大概知道我没跟着他们搞这个莫名其妙的“默祷”，不过也没来管我。

大概十几秒钟后，猎人们先后把头抬了起来，铁锅也像掐准了时间一样推着餐车进了宴会厅。他首先停在了宴会厅里侧的空桌旁，恭恭敬敬地往桌子上摆满了食物，接着才把车推到坐着人的两张大桌子的中间。

不知道是否出于宴请宾客的理由（尽管宾客并不乐意），猎人巢穴的食品供应显然丰富得不正常，起码可以匹敌一个百人左右的聚居点。我做流浪医生也有一年多了，不少患者请我吃过饭，但一般的“宴请”也就是杂粮粥和腌菜吃到饱，最多再加一点干肉的水平。

而猎人们显然看不上杂粮粥这种东西。这顿饭的主食是一点杂粮也不掺的白米饭，而且最后还剩了不少——就算是聚居点首领，如果他手下没人种水稻，恐怕也没法敞开肚皮吃这个。干肉不是没有，但外面那些不知放了多少年的货色和这里的相比完全不在一个等级上，这里甚至还有新鲜的烤肉——虽然口感一言难尽，量也不是很多。新鲜蔬菜和水果倒是没有（如果有就太可怕了），但用来顶替的东西和腌菜也是天壤之别——蔬菜罐头。腌黄瓜和番茄焗豆罐头混在一起，每桌都有一大盆。

饮料倒是很朴素的清水。我本以为这帮人里一定有会酿酒的，但从头到尾也没闻到一点酒味儿。

先不提单凭这十几个人哪来这么多补给，食品这么丰富，“圣女”到底是怎么贫血的？难道不是单纯的缺铁性贫血？

不过对于每天靠压缩饼干和维生素片度日的我来说，那些东西都无关紧要，现在最重要的是——能吃多少吃多少。

等我终于吃到再也吃不下、从自己的盘子里抬起头来的时候，才发现已经没人在吃东西了，所有人都在看我。包括感觉上最像一截木头的夹子，两桌人正在齐刷刷地对我行注目礼。我刚才的吃相真有那么奇特吗？

最后打破僵局的人是铁锅。他领头笑了起来，不少人也跟着他笑出了声。我窘得无地自容，只好也跟着笑。

“咳——咳咳！”剃刀好歹忍住没笑，大声清了清嗓子，宴会厅里的笑声才渐渐平息下来，“这个，既然大家都吃饱了……斧头、扳手，你们跟铁锅去收拾厨房，剩下的人跟我一起把饭

厅（原来不是宴会厅）收拾干净。夹子去准备一下，今天晚上你守夜。”

我正在迟疑要不要一起收拾饭厅，剃刀先瞟了我一眼：“医生就不用跟着忙活了，吃了这么多东西，也该出点力了吧？去给圣女大人检查一下吧……圣女大人，医生对我们这儿的地形不熟，麻烦您给他带带路。”

我脸上又是一红。不管在哪儿，吃了别人这么多东西，不回报点什么就真的说不过去了——等下，我是不是被这老家伙摆了一道啊。

猎人们纷纷散去，穿着白睡袍的少女笑盈盈地看着我，并冲我一弯腰，对着饭厅的出入口做了一个“请”的手势。我叹了不知道是今天以来的第几口气，跟着少女走出了饭厅。

“我刚才的吃相有那么好笑吗？”我已经给“圣女”抽完了血，把血样放到了检测仪器上。出结果要等几分钟，无所事事的我俩就坐在房车尾部的病床上闲聊。

“从来没见过像你这么吃饭的人啊！”少女似乎又想起了我刚才的英姿，不禁又笑了起来，“嘿嘿……该怎么说呢，看起来也没有很夸张，可就是很有意思，好像整个人都全心全意投入到吃饭上，别的全都无关紧要了一样。”

我扶额，不过当时确实是这么想的。

少女笑了一会儿，看着窗外的月亮，忽然陷入了沉默。

“怎么了？”我看着少女月光下的侧脸。

“你和剃刀叔叔吵架了吧？”

“呃……嗯。你听见了？”

“走路的时候，稍微听见了一点。”

仪器发出滴滴的声音，然后是打印纸用光了的报错声——大灾变前产的机器就是麻烦。不过读数还是会显示在屏幕上。

我把脑袋凑了过去。其他项目都还算正常，红细胞稍低，只有血红蛋白相比参考范围低了不少。一般来说这种血象提示的是缺铁性贫血，不过和今晚已经谈得上“丰盛”的伙食联系起来，不免有点莫名其妙。

“是贫血啊。”我扭头对少女说。

“贫血……是什么？我的血不够了吗？”少女歪着头看我。

“这个……姑且这么理解也不是不行吧。”

少女还是一脸茫然：“为什么？我又没有受伤，为什么血会不够？”

你别问我，我也纳闷啊。

“平时会胃痛吗？或者觉得胃酸、消化不好之类的？”

少女摇头。

“那……”我稍微有点不好意思，不过这种事情该问就不能省略，“月经量大吗？”

少女对着我皱起了眉头：“月经？那是什么？”

我一时无语，愣了几秒钟，补充说明道：“就是……你每个月都会有几天……这个，流血吧？那个的量……”

话说到这儿，我突然意识这问题问得不妥：猎人全是男的，只有这么一个女孩子混在里面，根本就没个比较，她怎么知道量大量小啊！

“哦！你说那个！”少女倒是因为终于谈到了自己理解的东西而高兴起来，“是叫月经的吗？我问叔叔们，他们从来不告诉我，只会给我那个……那个……”少女很努力地想了一会儿，像是发现了什么了不得的神秘动物一样情绪高涨地叫道，“卫生巾！”

我哭笑不得地打断她：“好了好了我知道了，那……你每次来月经大概要用几张卫生巾呢？”

“这个我记得！正好一天一张！”

跟少女兴高采烈地讨论月经量的问题，对我而言也是人生第一次。

不过这样问下来，至少有两个问题没法解释：

第一，贫血的原因到底是什么？

第二，猎人们为什么要骗一个已经有正常生理期的女孩子她只有六岁？

现在还是前者比较重要。从这半天的见闻来看，我之前那种黑深残的设想似乎确实不大靠谱……

“月经和卫生巾的问题就到此为止，”我红着脸打断少女，“不过那就奇怪了，你到底为什么会贫血呢？”

“不知道。”少女老老实实地摇头。

麻烦啊。难道是其他种类的贫血？叶酸？地中海？再障？可是从血象来看，就是单纯的缺铁性贫血。这么说，是生长发育的原因？但那还是和营养挂钩的，猎人们这样的伙食真的会养出贫血的人吗?

我在脑子里一种一种地排除可能性，眼睛直勾勾地盯着车窗外的密林。天气已经开始转凉，不过四处都还绿意盎然，看不到一点黄色，只有满树的绿叶被夜风吹出哗啦哗啦的声音。

少女大概是有点觉得无聊了，跳下病床，在房车里四处转悠起来。

“医生！这个箱子里是什么？”

我回过神来，少女正指着我的食品箱。

“是压缩饼干。你要是想吃可以拿几块。”

“压缩……饼干，是什么特别的饼干吗？”

少女也不客气，大大方方地从里面掏了一包饼干出来，是可可味的——我突然想到，可可味的饼干还剩几包来着?

我从身后的净水机里接了点水递过去：“你要是没吃过倒可以尝尝，不过这玩意儿根本就不好吃，还很噎，一边吃还得一边喝水。”

少女把杯子放到旁边，拆开了压缩饼干的包装袋：“好香！”

我苦笑。虽说我也觉得压缩饼干里只有可可味的还算凑合，但它也只有闻起来香这一点好处了。

“好吃！”

啊?

少女连啃了三大口——我在一旁感叹她的牙口真好。

“你喝点水！”

少女似乎也意识到这东西有多噎，抓起水杯就往嘴里灌。跟嘴里的压缩饼干艰难搏斗了大概一分钟，她终于把嘴里的东西完全咽了下去。

“如何？”

“好吃！这一袋能全给我吗？”

虽然我印象里可可味的压缩饼干最多还有两包，不过看着眼前的少女对这玩意儿的评价如此之高，就算再怎么舍不得我也不得不点头——话说回来，本来就没什么好舍不得的。

然后，少女回到病床上坐好，专心对付剩下的压缩饼干，一口气吃了一整包。

我目瞪口呆地看着她心满意足地喝掉最后一口水，把空包装袋塞到了自己睡袍的口袋里。

“垃圾桶在那边哦。”我指了指前面的垃圾桶。

“第一次吃到这么好吃的东西，我要把这个包装袋保留下来。”少女的脸色在月光下微微泛红。

“这……你开心就好。”我突然想到了什么，“可是你刚吃过晚饭……”

“所以？”

“所以你不觉得肚子胀吗？”

“不啊。”

“那你的晚饭都吃到哪里去了啊。”我扶额。

“晚饭？晚饭又没多少，没关系的吧。”

“啊？”贫血的原因突然清晰起来，“你晚饭吃了多少？”

“我想想……两片黄瓜，一勺豆子，一勺饭。”

“肉呢？”

“我不吃肉啊。”

“为什么？”

如果说少女之前的表情是“满脸的莫名其妙”，现在就是“眼前这个人莫名其妙”了，“不喜欢吃啊，你不觉得烤肉有股怪味儿吗？”

她倒没说错。猎人们的烤肉味道确实不怎么样……但再怎么奇怪，也比吃不到强多了吧。

“干肉呢？”

“烤肉都那么难吃了，干肉也好不到哪儿去吧。我没吃过。”

“那你的……叔叔们，不管吗？”

少女有点不耐烦地玩弄着身下的床单，不过还是回答道：“叔叔们才不管我吃什么呢。”

破案了，吃得又少又素，不贫血才怪。

我带着“圣女”找到剃刀（虽然从认路这件事上来说，是她带着我），跟他简述了一下他们的“圣女”贫血的原因，并礼貌地对他们的养育方针提出了一点建议。

以下是当事人对建议简短的回应：“不能干涉圣女大人的饮食。”

我费了好大力气跟剃刀解释，为什么“圣女”的贫血和挑食息息相关；为什么不吃肉，病就不容易好；为什么置之不理的话，即使治好了还会复发。他的态度终于稍微软化了一点，但在“干涉圣女吃什么”的问题上就是死活不肯松口。

“你不管，我管行了吧！”面对油盐不进的剃刀，我彻底崩溃了。

“请便。”

“啥?！”

“猎人绝对不能干涉圣女大人的生活起居，但你不是猎人。既然不吃肉不行，那这件事就交给你来管。”

“那你早说啊?！”

“我来提意见，不还是在间接干涉吗？”

“那我提建议你答应了，这就不算干涉？”

“不算。”

我彻底被这个脑回路不大正常的老头子折腾得没了脾气。

最后，剃刀委托我全权监督“圣女”的饮食事宜。虽然一开始不大情愿，不过在我“不吃肉就吃药”的威胁之下，她还是乖乖就范，被迫吃多吃荤。猎人们在没有特殊安排的时候大多分散在巢穴里各吃各的，让铁锅给“圣女”准备一份特殊食谱也并不是什么难事。

出乎意料的是，在被我逼着强行吃了几天肉之后，她像是突然明白了肉到底好吃在什么地方一样，开始主动要求铁锅多做肉，饭量也大了不少。

不过，大概是我一开始灌输的“不吃肉就吃药”的印象太过根深蒂固，少女无论如何也不同意额外吃药——明明就是饮料一样的乳酸亚铁口服液，但少女就是捏着鼻子不喝，谁劝也没用。好在饮食方面算是彻底扭转了过来，就算不吃药，应该也只是恢复得慢一点，并不碍事。

几天后，少女的脸上稍微有了点血色。

猎人们看在眼里，虽然嘴上不说，但对我的态度也发生了转变：铁锅在给“圣女”开罐头时，会往我的饭上也浇一勺；剃刀一开始每半个小时就派人来找我一趟，名为探视实为监视，现在也不执行了；就连夹子也偷偷把用来威胁我的那把匕首放到了房车里，下面还压了一张字条，只写着歪歪扭扭的“抱歉”。至于其余的猎人们，尽管名字我未必叫得上来，在这几天里至少也和他们混了一个面熟。

“圣女”本人则更直白了，每天只要没事（她本来也没什么事，或者不如说我住这里的几天，就没看到猎人巢穴里的人们有什么正经事做）就往我的房车上跑，有时会打开我装药的冰箱向我问这问那，更多的时候则是漫无边际的闲聊。她喜欢听我在外面游荡时遭遇的事情，我就尽量编得夸张一些讲给她听。虽然有时候我自己讲到一半都觉得故事圆不起来了，但她还是听得津津有味。从这一点看来，她好哄的程度倒真是六岁级别的。

一周转眼过去，这天，我一早起来就觉得不大对。到饭厅一看，里面只有两个人。我问他们其余的猎人去哪儿了，他们也不肯多说，只说有事，而他们两个则是留下来看家兼守护圣女的。

“圣女”本人到了饭厅之后倒是见怪不怪，匆匆吃完早饭，就拉着我到了房车上。按照预定安排，我又给少女验了一次血象，红细胞和血红蛋白都有回升——虽然幅度并不大，但显然，只要少女保持住现在的食谱，恢复健康应该没有问题。

不过话又说回来，一周过去了，我从来没见过少女有什么特别明显的贫血症状。夹子跟我描述的时候说得还蛮严重的：病人身体虚弱，脸色苍白，经常头晕，甚至还晕倒过——可在我看来，除了脸色苍白是真的，其余的症状我见都没见过。

“你夹子叔叔当时跟我描述你的病情，可比现在严重多了。”

少女有点心虚地讪笑了一下：“嘿嘿，原来是这样的吗？”

这一周相处下来，一听见“嘿嘿”的笑声，我就知道她肯定瞒了什么事情——虽然多半都无关紧要。“说！你是不是有事情瞒着我？”我假装威势很足地吓唬她。

少女还真被唬住了：“你，你别生气啊……装病……装病是我不好啦……”

“装病？”

少女已经快被吓哭了：“你……你别……”

我是装的啊！真的是装作生气啊！你看不出来吗！虽然心里疯狂吐槽，但既然她已经被吓到了，我只能顺着“吓到你了真是抱歉”这条路往下走了：“其实我也没有很生气啦。”

“真的？”

“当……当然是真的。不生气了，不生气了。”

“哦……”少女可怜巴巴地将左右手的两个食指尖对在一起。

“不过你确实病了，还怎么装病啊？”我尽量用比闲聊还和颜悦色的态度问道。

“就是……那个，稍微有点头晕的时候就说头晕眼花要站不住了，明明没有很累就说累得走不动了，这样的……”

这个能叫装病吗？真微妙啊。“那，为什么要这么做呢？”

“因为我不想再听别人圣女、圣女地叫我了！只要说自己病了，就能让叔叔们离开……”少女泪眼婆娑地盯着地面看了一会儿，突然抬起头，直视着我的眼睛说道，“医生，你带我走吧。”

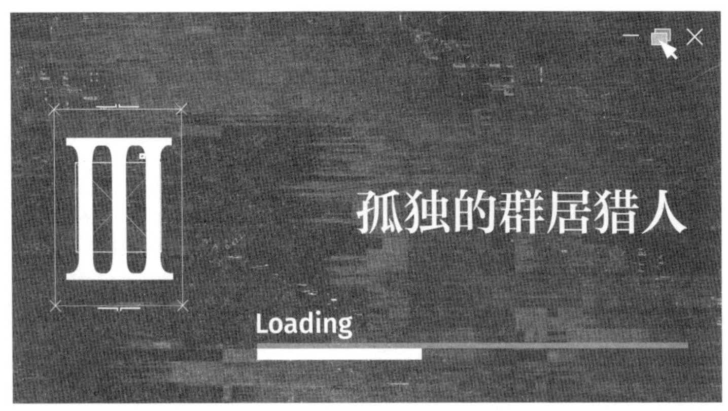

我被少女直率的眼神盯得不自在："你的叔叔们不会同意的。"

"我们可以偷偷溜走啊！"

"你认识外面的路吗？我到这儿来的第一天就想开溜，但开着车在树林里绕了好长时间，根本就出不去。"

"剃刀叔叔有地图的，我可以去拿！"

"我有自爆病，万一哪天发作了，不光没人照顾你了，你还会被传染的。"

"那又怎么样嘛！叔叔们根本就不在乎自爆病，我也不在乎！"

没想到这小姑娘一旦犯起倔来，居然这么坚决。我换了个姿势正对着她，问道："那你能不能从头到尾告诉我，为什么要和我走？为什么不想再和叔叔们一起生活了？"

少女低下头，全神贯注地思考起来，随后，她开始竭力把散乱的思绪编织成话语：“我……我有好多事情都不明白。”

我点点头。

“叔叔们为什么要叫我圣女呢？我要吃饭睡觉，叔叔们也要吃饭睡觉，现在你来了，你也一样要吃饭睡觉……明明就没有什么不同，为什么我就是圣女呢？明明就什么都不会、什么都干不好，为什么偏偏是我成了圣女呢?!

“我也碰到过看起来和我差不多的女孩子，她们除了有爸爸妈妈和名字之外，也和我一样啊！而且叔叔们见到我和她们一起玩之后，很快就搬了家……

“所以我根本就想不通啊！我只是个六岁……不，我只是个不知道几岁的普通女孩子而已，住在谁也找不到的地方，每天被叔叔们看管着，即使这样还叫我‘圣女大人’……不觉得很奇怪——很恶心吗?!”

少女捂着脸哭起来。我从食品箱里掏出一瓶苹果味的汽水递给他。少女喝了两口，渐渐止住了哭泣，抽抽搭搭地说了下去：“我知道叔叔们是真心实意地对我好，从来都不骂我，我再任性，他们也不会当面说一个不字。可是，我总觉得，他们一天比一天奇怪了。

“以前我还隐隐约约地觉得，他们之所以叫我‘圣女大人’，之所以不让我认识外面的人，肯定是有什么理由的，我能感觉到，他们说的话不是真心的，是因为什么迫不得已的理由在骗我……

“可是现在，我就连被骗的感觉都没有了！好像我真是什么圣女大人了一样，叔叔们已经完全没有在骗我的那种感觉了，他们——他们好像已经完全信以为真了！

“我好害怕……我怕自己真的变成圣女了该怎么办，我总是在半夜做噩梦，梦见我坐在高高的台子上，叔叔们站在很远的地方，剃刀叔叔、铁锅叔叔、斧头叔叔……谁的脸都看不清，谁也听不见我说话，我吓得尖叫起来，可他们还是看不见也听不到……怎么喊都听不到！”

少女似乎回忆起了噩梦中的感觉，只是一个劲儿地颤抖，根本说不出话。我叹了口气，摸了摸她的头，试图接过她手里的饮料瓶放到台子上，她却紧紧握着不放。隔了半晌，颤抖稍微平息了一些，她接着说道：“然后我就会莫名其妙地从台子上摔下来，周围都是些不认识的人，他们……他们在杀人。杀人的人和被杀的人我都分不清，可我知道，只要一出声……我也会被杀掉，而叔叔们还是在很远的、看不到也听不到的地方……

“被吓醒之后，我好想找一个人告诉他我梦见了什么，好想有一个人安慰我，可是，不管我跟哪个叔叔说，他们永远只会告诉我‘只要叔叔们还在，就没什么好怕的’，然后走掉……

“只有一次，我吓醒的时候，夹子叔叔恰好在旁边。我给他讲我做的噩梦，可没等我说完，夹子叔叔突然……突然变了脸色，重重地捶了一下床，声音好大……”

少女瑟缩起来，似乎夹子扭曲的脸就在眼前似的。我拍了拍她的肩膀，她才回过神来，脸上挂着泪珠，可怜地冲我笑了笑：

“我，我好像跑题了，嘿……嘿嘿——”

然后，没等我思考出安慰的话语，少女像动作慢放一样，缓缓倒了下去。一直紧紧攥着的汽水瓶掉到了地上，淡绿色的液体在地面上漫延开来。

我手忙脚乱地抓起少女的手臂，脉搏没有问题；我又用力捏了捏她的指甲，颜色也很快就恢复了红色。谢天谢地，只是由于贫血和情绪激动导致的单纯性晕厥。

我跑去开房车的门窗。没等我回到床边，少女已经醒了过来。

“我……我记得刚……刚才……说到……”

刚刚事发突然，我没来得及多想什么；而此刻，看着为了说服我还要坚持回忆下去的少女，苦涩的味道在我口中弥漫开来。

“好了好了，话可以留到以后再说。现在最重要的是静养，安安静静地休养，好不好？”我强行打断她。

少女不说是也不说不是，只是倔强地盯着我的眼睛看。

我的胃里一阵翻涌，“我带你走”四个字已经爬到了嗓子眼，但是无论如何也说不出口。最终，我深深地叹了口气——好像这股气流是从幽深、黑暗、不见天日的某处升腾出来一样——然后别开了视线。

少女再次无声地啜泣起来。

半晌，我首先试图打破房车里令人窒息的沉默：“不知道刚才的晕厥会不会和低血糖有关，总之我先给你把 PTT66 打上吧。”（PTT66，一种大灾变发生前，普遍用于快速补充人体能量的药

剂，惯常使用方式为静脉注射）

少女点点头。

操作的过程中，我一直避免和少女四目相对，她却仿佛完全从刚刚的情绪中恢复过来了一样，虽然说话声还带着刚哭过的鼻音，却努力让自己显得高兴起来。

“K——S——G？”少女像是没话找话一样，把PTT66注射液瓶子上的商标读了出来。

我不忍心看她，只好去看输液管里一滴一滴下落的液体：“是这瓶药的商标。”

“商标是什么？”

“我也不是很懂，只知道商标在大灾变之前似乎是用来区分生产者的，不同的生产者会用不同的商标，把相同的产品区分开来。”

“那KSG就是这瓶药的生产者？大灾变之前的？不会坏掉吗？”

“我拿到的时候都是放在低温冷库里的，应该没关系的。”

少女似懂非懂地点了点头：“那KSG现在已经不存在了？”

“说不好。”我脱口而出，随即发现自己失言了。

不知为什么，少女一反常态地敏锐：“说不好？”

我试图搪塞过去：“你看，一个东西要是存在，那很好判断，只要拿出来看看就行了，但你要是说一个东西不存在，就必须……”

“可是铁锅叔叔跟我说过，大灾变前的东西几乎全都不存在了。”

“这个……这个，我是为了严谨。”

“骗人！”少女也学着我一开始假装生气的样子提高了声音，然后笑出了声。

我也跟着讪笑，心里祈祷她不要再刨根问底下去了。

虽然我确实没法确定KSG到底还存不存在，但迄今为止，我所能接触到的所有和这个名字相关的东西——包括这瓶PTT66——全都散发出危险的气息。

至于为什么我的手里会有这样散发危险气息的药——事实上，我所有的药都贴着KSG的标签——那就要牵扯到一位神秘的人了。这个人帮了我大忙，我之所以有这么多药、能当得起这个“流浪医生”，几乎全是拜她所赐。这样的一个人，对KSG的评价则是：“我觉得KSG已经不存在了。就算存在，你也别和它扯上任何关系。”

然而她某一次还是说漏了嘴，透露出一件事来：不管存不存在，KSG都可能掌握着某种治疗自爆病的方法。就是这句话，让我不得不顺着任何可能存在的KSG的踪迹，一路追查下去。

但眼前的少女不一样，她跟KSG毫无瓜葛。就像那位神秘人告诫我一样，从我的角度出发，眼前的少女也是，最好一生都不要和KSG这个名字发生任何用药以外的关联。所以，不管少女再怎么恳求，我也不可能带着她一同上路。

太阳过了头顶，PTT66注射液见了底，少女脸上的颜色比之前好多了。我帮她拔了针头、按上棉球。说起来，虽然从一开始我就是给她看病来的，但今天还是我第一次给她打针。

敲车门的声音从外面传来：“圣女大人，医生，该吃午饭了。”

“好——”

少女一个翻身从床上跳下来，然后又蹲了下去：“头好晕……”

我苦笑着陪她蹲了一会儿。就算刚打了一瓶 PTT66，贫血还是贫血，像刚才那样一下子站起来，头晕是免不了的。

几秒钟后，少女慢慢站起身来，手里拿着之前掉到地上的汽水瓶，蹦蹦跳跳地下了车。虽然不知道她为什么突然高兴起来，不过，还能高兴起来终归是好事吧。

午饭是铁锅头天晚上就做好的东西，留守的两个猎人只是稍微把东西热了一下，就端到了圣女的房间。刚喝过汽水、又打了 PTT66 注射液的少女并不算太有食欲，但在我的威压之下，她还是老老实实地把自己那份吃了个干净。

“你的叔叔们干什么去了呀？”我坐在椅子上，看吃饱了的少女在床上伸懒腰。

“工作。”少女含糊地回答道。

“工作？既然叫猎人，那就是去打猎了？”

“差不多吧。”

少女看来不太想说，我也不好多问，于是换了个话题：“那你平时都做些什么？”

这个问题似乎把少女难住了——这种问题也能难住她吗?!

“好像……一开始是学学读书写字什么的，可是后来笔尖叔叔死了，也就没人教我这些了。斧头叔叔倒是偶尔会教教我战斗的事情，不过最近我开始……装病了嘛，所以……”

我接话：“所以你最近每天做的事情就是养病对吧？”

“嘿嘿……”少女不好意思地转过头去。

我们正在房间里不着边际地闲聊，外面突然传来一阵嘈杂的人声。少女下床，穿上拖鞋啪嗒啪嗒地跑了出去，我也紧随其后——虽然已经熟悉了一个星期，我偶尔还是会在猎人的巢穴里迷路。

我们一路跑到门厅，才发现猎人的大部队已经回来了，总人数十多个，每个人背上都背着个大包裹，除了剃刀和夹子之外——他们俩各自背着一个人。这两人我都面熟，一个我叫不上名字，只知道他的工作类似猎人巢穴的仓库管理员，而另一个人则是少女常常提到的斧头。二人都受了伤，我叫不出名字的那个满头是血，而斧头伤在何处我一时分辨不出，只能看见他痛苦的表情和满头的汗。

“斧头叔叔、钥匙叔叔！”

少女惶急地跑上前去，铁锅则放下背上的大包，挡在了少女和伤员中间：“圣女大人，斧头和钥匙伤得都不重，不用担心。您别凑得这么近，不干净的。”

“我车上有急救箱，伤员让我处理一下比较好。”虽然这是人之常情，但猎人们的脾气我一直摸不准，只能先征求剃刀的意见。

不出所料，剃刀答道：“两人伤得不重。医生能把圣女大人治好，我们已经感激不尽，这样的小伤就不劳医生操心了。”

我知道剃刀从不跟我兜圈子，更不想欠我人情，但伤员就摆在面前，猎人巢穴里又只有我一个医生，不做点什么也说不过去。

留守的两个猎人从巢穴深处拖了两张床垫出来，剃刀和夹子把伤员放到上面，其余的人背着包裹进了巢穴深处，大概是放东西去了。

这时我才看到，斧头左腿根部紧紧缠着一圈布头，似乎是紧急止血用的；他整条左腿上都是斑斑点点的血迹，但只有大腿靠近膝盖的部分被血浸透了，大概伤处就在那里吧。

我和少女站在一旁。少女是关心则乱，而我则想看看猎人们是怎么处理伤员的。如果措施妥当就算了，要是有什么不妥的地方，我也好及时指出来。

然而，让我大跌眼镜的是，剃刀的处理根本就是在帮倒忙，说得夸张点，和谋杀没什么区别。钥匙是头被打破了，而剃刀居然直接用不知从哪里掏出来的卫生纸绕着钥匙的脑袋缠了起来。

“剃刀，要不还是我来……”

“医生不必担心，猎人们一向都是这么过来的。”

少女看我脸色不对，偷偷问我：“是不是剃刀叔叔有什么地方搞错了？”

我小声答道：“不是什么地方搞错了，是全错了。剃刀平时都是这么处理伤员的吗？”

听我这么一说，少女也急了，直接冲剃刀喊道：“剃刀叔叔，医生说你那么处理是错的！”

剃刀手上不停，嘴里也是答非所问："圣女大人请回去休息吧。"

少女使劲摇了摇头："剃刀叔叔，你忘了笔尖叔叔是怎么死的吗？我们不知道该怎么办，可是现在有人知道啊！"

剃刀手上的动作慢了下来，但还是没有停止的意思。

得不到回应的少女几乎哭了出来，一时也没再说话。门厅里只剩下卫生纸摩擦的声音，和伤员粗重的呼吸声。

呼吸声？我侧耳细听，钥匙的呼吸粗重，频率并不比正常人快多少，感觉没什么大碍；而斧头的呼吸声正好相反，又快又浅，听起来相当不妙。我快步走到斧头身边——剃刀忙着给钥匙裹卫生纸，腾不出手拦我，而夹子只是木然地站在一边。

我用手试了试斧头的额头……果不其然，他在发高烧。

"医生，斧头叔叔怎么样？"

我表情沉重地摇了摇头。少女看到我的反应吓了一跳，跑到斧头身边，用手贴上了斧头的前额，然后，她像是被烫伤了一样，迅速把手抽了回来。

剃刀已经给钥匙裹好了头，他起身走到我旁边，没有说话，只是用手势示意我和少女让开。

"剃刀叔叔。"少女突然开了口，声音前所未有的严肃，严肃到我、剃刀和夹子都不由得看向她，"让……让医生来处理吧。"话音里带着点畏缩，但更多的是坚定。

剃刀迟疑了一下，还是摇了摇头，张开了嘴，似乎想说什么。

打断他的，是少女带着点颤抖、但前所未有的强硬的声音：

“那么，我，我……我命令你！从现在开始……不许再碰斧头叔叔和钥匙叔叔!!!”

剃刀瞪大了眼，显然从未想过能从“圣女”口中听见这样的话。“圣女大人……”

少女不给他说话的机会：“既然我是圣女，那我命令你，现在就把处理伤员的事情交给医生，你不许再碰钥匙叔叔和斧头叔叔！”

剃刀僵在原地，正在进退两难之时，突然有人把他从斧头身边拉开了——是夹子。剃刀还想说话，夹子轻轻拍了拍他的肩膀，冲他摇了摇头。半晌，他才像终于反应过来到底发生了什么一样，脸上露出了复杂的表情，一屁股坐倒在门厅墙边的椅子上。

“医生，你刚才是不是说急救箱在车上？我现在就去拿！”

事发突然，我也来不及多想，顺口答道：“没错，再帮我把托盘连着里面的东西一起拿过来——还有酒精灯！”

少女飞快地跑了出去，我则开始做目前力所能及的事情——赶快把钥匙头上缠得满满当当的卫生纸撕下来。如果放着不管，卫生纸会粘在凝结的血痂上，清创就更麻烦了。

然后是斧头，得把他左腿的裤管弄开——我刚想到这里，少女肩上挂着急救箱、双手端着托盘，一路飞奔进来。

“酒精灯呢？”

“忘了……我，我再去拿！”

“再从冰箱里带几瓶生理盐水来，能拿几瓶拿几瓶！”

“好！”

我从托盘里拿起剪刀，剪开了斧头的裤子，里面的情况着实不容乐观。伤口并不宽，但相当之深，周围红肿得厉害，高出腿面一截；而且斧头受伤之后似乎还在类似泥潭的地方蹚过，伤口周围和里面都有不少肉眼可见的淤泥状脏污。万幸出血基本上已经止住了，应该没有伤及重要的血管。

我在戴上手套之前先轻轻按了斧头的伤口一下，斧头脸上的肌肉剧烈地扭曲起来。

少女不知从哪里找到一个大袋子，装了一大堆瓶子叮叮当当地跑了过来：“我……我不认识哪个是生理盐水，就全都拿了一点！”

我早该想到的——不过此刻也没有吐槽的时间了。酒精灯甚至也被装在袋子里，幸好酒精没洒出来。虽然不相干的药乱七八糟地装了一堆，幸好里面还有两瓶生理盐水——虽然标签上贴的是“LHN 979 注射液”。

我把其中一瓶的瓶口撬开，交给少女：“用这个把你钥匙叔叔脑袋上的伤口冲干净。”

少女拿着瓶子没动：“我……可是我不会啊！”

“没关系，手别碰到里面的生理盐水，慢点倒，冲干净就行。”

“可是……”少女还在迟疑。

“没什么可是的——”我突然灵光一闪，“现在你就是我的助手了，快去！”

少女没什么血色的脸突然一红：“嗯！”

钥匙的伤势并不重，除了缠绷带之外，我全权交给少女处理。而斧头这边则麻烦得多。由于伤口发炎，一点点轻微的触碰都会引发剧烈的疼痛。可我没有办法，只能硬着头皮先上，抽了一针管混了碘酒的生理盐水，帮斧头冲洗伤口。有些表面上的淤泥冲不下去，不得已要用镊子去掉，对斧头来说恐怕更加难熬。

“老大，我弄完了！下一步干什么？”

我一愣，老大？这个词总觉得有点印象，但是……

“老大！”少女看我发愣，有点不满，又叫了一次。

“哦……哦！你用消毒喷雾把手洗干净，然后用这个，”我指了指急救箱里的碘酒棉球，“涂在你钥匙叔叔的伤口上。都是皮外伤，问题不大。”

“好！”

斧头的伤口冲洗基本上完成，接着是麻醉……但愿这能让他感觉好点。我拿起急救箱里的利多卡因喷雾，朝着斧头的伤口周围喷了几次。一般来说应该用利多卡因棉球在伤口上敷上半小时，但现在实在是没有那个余裕了。恰好少女给伤口消好了毒，喊我过去帮她给钥匙缠绷带。等绷带缠好，那边的局部麻醉也该稍微起一点效果了吧。

我让钥匙坐起来，一边缠绷带一边问他：“头晕吗？”

钥匙想摇头，被我按住了：“说话就行，如果说不出来，你就用手敲地面，敲一下是肯定，两下是否定。”

“不晕。”

“想不想吐？有没有觉得恶心？”

“不恶心。”

“五乘六等于几？”

钥匙沉默了一下，用手敲了两下地面。咚——咚。

难道……“你是从一开始就不知道五乘六等于几吧？”

咚。

这是什么脱力系展开啊。虽然作为仓库管理员来说比较危险，但这家伙本人应该没什么问题。

之前去放东西的猎人们纷纷回到门厅来，看到“圣女”在跟我忙前忙后——甚至被我呼来喝去，都吃了一惊。不过既然剃刀都没意见，自己也不应该多说什么吧——我猜他们是这么想的。

总之，我让少女招呼了两个猎人，把钥匙扶回了自己的房间，转头接着对付斧头的伤口。

我轻声对斧头说：“之后可能还是会痛，没办法，你忍耐一下。”

斧头的脑袋稍微上下动了动。

“急救箱里有手电筒，帮我照一下伤口。”

少女按我说的照做。虽然现在是下午，可猎人巢穴毕竟是山洞，光线依旧很差。

我拿起泡在酒精里的钝头镊子，在酒精灯上烧了一会儿，开始探查伤口。不知是麻醉剂起效了还是已经疼到无力回应，斧头的反应明显小了很多。

没过多长时间，猎人们已经全都到门厅里来了。他们或靠在墙壁上，或席地而坐，全都目不转睛地看着草席上的斧头、单膝跪在他身边的“圣女”，还有被手电筒的灯光照亮了半张脸的我。

少女举着手电筒一动不动，只有在手酸到举不动的时候敲一敲我的背，提示我她要换手了。

我拿着镊子，头上的汗比斧头还多，像个绝望的渔人，不停从斧头的伤口里捞出污物。斧头则瘫软在草席上，偶尔发出一点不成话语的呻吟。终于，探查和清创基本完成。我扭过头长出了一口气。

“再帮我把碘酒拿过来。”

“棉球还是药水？”

“棉球。”

伤口本身有感染的迹象，因此，缝合和包扎只能留到以后再做了。我摘下被血污染成红黑色的手套，用手去抹额头上的汗，却尴尬地发现，自己的手比额头还湿。

“老大，这样就处理完了吗？”少女担心地问道。

“还差最后一步。”

我从少女搬来的大口袋里摸出一小瓶抗生素：“把这个打上，就算告一段落。接下来该怎么办，就看这瓶药能不能发挥作用了。”

打上了抗生素的斧头昏睡过去，安静的门厅里响起微细的鼻息声。少女紧绷了一下午的神经此刻终于放松，像融化一样慢慢瘫在地上。我以为她的贫血再次发作，刚要上前，少女突然无力地笑了。

接着，她旁若无人地自言自语起来：“嘿嘿，嘿嘿……好累啊！但是，为什么既想哭又稍微有点开心呢……”

从那之后过了一星期。钥匙的伤本来就不碍事，现在连绷带都被他自己拆了。

斧头虽然还在卧床，但最凶险的阶段已经过去。受伤当天晚上，他的烧就已经基本上退了，之后虽然有些反复，但在充足的药品供应之下，没引发什么大的波折。这几天他的精神好了不少，也能开始吃些流食了。

剃刀他们对我的态度再次转变。如果说之前他们对我的善意还有点藏着掖着，现在则已经彻底把我当成了编外猎人，甚至还张罗着要在我走前给我饯行——据铁锅说，饯行的规格比接风高得多，高到他要从早到晚忙活一天的程度。我顺口说了一句“不用那么麻烦吧”，反倒被铁锅半开玩笑地瞪了一眼，还威胁我“不领这个情就赶紧滚蛋”。

少女倒是一反常态地疏远了我。虽然她一开始让我教她打针（还发着烧的斧头心甘情愿地成了教具），不过，在学会了之后，她反而没了踪影，经常是只有在监督吃饭的时候才能看见她。话又说回来，她的贫血也没有什么反复的迹象，每次验血象的结果都比之前好一点。就算我不在猎人巢穴了，想必她也不会再有什么差池。

就这样，我的这趟出诊也即将告一段落。两周不见踪影，对于那些排在时间表上、而我鞭长莫及的病人来说，已经是忍耐的极限了——为了防备“车辆抛锚”“被人劫持”这样的万一，我开的药总比正好的量多上半个月。

“现在是，晚上九点整。”我百无聊赖地躺在房车上，听着机器报时声，看着窗外出神。

饯行晚宴已经结束。说实话，在我的记忆中，我还从没吃过这么费心思的一桌饭菜：米饭居然是用油炒出来的，每一粒米外面都裹了一层散发着香气的柔软黄色外壳，而我完全猜不出那层外壳是什么东西；豆子不再用来拌黄瓜，而是和外面有弹力、里面包着汤，一言以蔽之就是令人震惊的不知名灰色球体煮在一起；腌黄瓜和我几乎全都叫不上名字的蔬菜码在一个大碗里，上面浇着酸甜可口的乳白色酱汁；而烤肉虽然还是烤肉，却不知道被铁锅使了什么手段，几乎一点怪味也吃不出来。

我忍不住问铁锅这肉到底怎么做的、是不是换了种类，铁锅一本正经地告诉我这玩意儿名叫香烤变种老鼠里脊，然后被差点吐了的夹子一拳敲在脑袋上——虽然他解释了半天，但直到最后我也没弄明白，他是怎么把牛肉里的怪味儿去掉的。

饭后铁锅甚至开了一罐水果罐头。不光是我，就连猎人们看着透明甜汤里泡着的橘子瓣也不禁双目放光。遗憾的是总人数太多，除了圣女独得一小碗之外，平均每个人也就吃到了一瓣橘子。罐头汤被铁锅兑了水，权当饮料——根据我的观察，猎人们平时其实并不禁酒，但聚在一起吃东西时从来不碰，大概是为了安全起见吧。

总之，每个人都很尽兴，除了圣女之外。虽然她似乎和往常没什么区别，但我能看出来，她并没有融入氛围中去。虽然她吃得比平时多了不少（全怪铁锅），和周围的人有说有笑，那一小碗橘子罐头也不客气地照单全收，但我总觉得她有什么心事。

是所谓的“离愁别绪”吗？我忽然想起少女口中的“笔尖叔叔”来。看来，她和我一样，都是先经历了生离死别，普普通通的别离的滋味反倒是在那之后才明白。有点残忍，但这恐怕才是世界的常态。

车窗开着，树林里吹来凉爽的夜风。温和的天气即将一去不返。猎人巢穴所在的这个区域在十月中旬之后就会快速降温，到时候，这片密林的叶子很快就会变红、脱落，最后，树林将会变成光秃秃的一片。书里说大灾变前的落叶以黄色为主，那么，红叶也是大灾变带来的那场核战争的产物了。

我翻过身去，闭上双眼。晚饭吃得太饱，困意不由自主地涌了上来。

猎人、圣女、剃刀、斧头、夹子叔叔、铁锅叔叔、笔尖叔叔……

叔叔……

嗯？敲车门的声音。

我揉了揉眼睛。仪表盘下面的时钟上显示着“22：19”。这么晚了，是谁啊？打开车门一看，剃刀正站在外面。

“剃刀？这么晚了，你——”

“医生看见圣女大人了吗？”

从门外透进来的冷风一下子让我清醒起来：“她不见了？”

剃刀表情凝重地点了点头：“晚饭吃完后她还去看了斧头，

可是刚才就没了踪影。我们已经把洞里找遍了。”

“这就怪了。她总不会是跑到树林里去了吧？”

剃刀摇摇头：“圣女大人没有理由那么做。我怀疑她是不是趁医生不注意，藏到你的车里来了。”有话直说也是信任的一种。

我歪着头想了一会儿：“也有可能。你上车来，我们一起找一下？”

“不必了。如果她在车上，医生找到人之后带过来就行。我还有事，就不打搅了。”

虽然很想问问大晚上的除了找人还能有什么事，但剃刀显然不想多说，对我匆匆一点头，就转身往猎人巢穴里走去。

我拍了拍自己的脸。难不成这小姑娘一周以来一直躲着我，就是为了营造假象，好趁其不备跟我一走了之？我暗暗笑道，别看猎人们对她言听计从，可毕竟年龄的差距摆在那里，要对付剃刀一干人，她还是太嫩了。

我细细找了一圈，房车一层除了我并没有别人，这么说来——我打开通往二层的活板门。

房车二层被我用来当作仓库，里面堆了不少箱子。如果她真要在这儿和我玩捉迷藏，那恐怕又要一番好找。说不定她还会趁我不注意，再溜到一层去。我打定主意，站在楼梯旁边喊了一声：“看到你了，出来吧！”

“噫！”惊叫声尽管被压得很低，还是划破了房车二层寂静的空气。

这小姑娘这么好骗，让我越来越理解她的叔叔们的过度保护行为了。少女从摆得乱七八糟的箱子中间站了起来，看到我根本就没往里面走，瞪大了眼，随即气冲冲地鼓起脸颊。

“你怎么骗——”

“事先说好，我不会带你走的。”我趁少女反应过来之前先把核心问题挑明。

“欸——”少女兴师问罪的劲头一下子烟消云散，脑袋垂了下来。

“好啦，你的叔叔们找不到你，已经急得团团转了，你赶紧回去吧。”

“可是——”

“没什么可是，”我努力让自己显得严厉一些，“说了不带你就是不带，赶紧回去！”

少女抽了抽鼻子。

安慰的话语条件反射一般涌到了嘴边，又被我强行咽了下去。

少女的眼泪不停往下掉，但任凭我怎么威逼利诱，她就是不肯挪动一步。看起来，不真刀真枪地对她发一次火，她是无论如何也不会动的。

然而，不知为何，看着眼前的少女倔强又可怜的样子，我无论如何也生不起气来。

“你要是还不肯听我的，那我只能去叫剃刀了。”我使出最大的撒手锏。

把剃刀搬出来确实有效。少女身体一震，看我的眼神里多了一点怒意。

虽然抱歉，不过我也没有办法啊。

沉默了几秒钟后，少女愣了一下，突然破涕为笑。

“呃？”轮到我不知所措了。

而少女接下来所说的话，直接让我的心脏停跳了一拍：“KSG！”

“什么？”我怀疑起自己的耳朵来。

“都怪你吓了我一跳，我把这件事给忘了！KSG，我知道KSG的事情了！从那天之后我就一直很在意KSG的事情，于是就拜托剃刀叔叔他们调查了一下，你猜结果怎么样？”

我无力地坐倒在纸箱子上：“看你这样子，我还用猜吗？”

少女无视我的吐槽，脸上还带着泪珠，兴高采烈地说了下去：“剃刀叔叔告诉我，他找到了不少和KSG相关的情报。据说KSG是一帮住在地下的怪人，喜欢抓人到地下去吃……”

“停停停，KSG是个制药企业，怎么就突然吃起人来了？”

“我也不知道啊，剃刀叔叔这么说的！”

难道是剃刀在哄这小姑娘吗？我摇摇头：“不管怎么说，吃人肯定是不可能的，你剃刀叔叔恐怕弄错了吧。”

“才不会呢！剃刀叔叔还告诉我，他发现了KSG的地下……地下……总之，是KSG通往地下的入口！他还把地点给我标在地图上了，你看！”

少女从口袋里掏出一张皱巴巴的地图，刚要展开，又像触电一样，一下子把地图收了回去：“好险！”

“什么好险？”

“要是现在就让你知道了，你就不会带我走了！”

我只有苦笑的份儿。

少女用袖子把脸上的泪水擦干净：“现在你可以带我走了吗？”

我叹了口气：“你就没想过剃刀是在糊弄你？反正你也不可能亲自去什么地下老巢之类的地方，在地图上画个标记哄你开心还不容易吗？”

少女皱起眉头：“不会的。叔叔们从来不在这种无关紧要的事情上骗我，如果没找到，直接告诉我不就好了嘛。再说，我可是以圣女的身份命令他的！”

我哭笑不得，凭我这几天的观察，“圣女”这个词对猎人们来说分量着实不轻。如果少女学会了摆架子，猎人们以后可有得受了。

“而且就算是你，不也只知道 KSG 在大灾变之前是制药的地方嘛。已经过了这么多年，谁知道那些人会变成什么样。”

这句话倒是点醒了我。时过境迁，假如 KSG 一直存续到现在，还会是一个单纯的制药企业吗？

那么，假如 KSG 现在真的住在地下，真的在从地上抓人，对于地面上的居民来说，反正他们永远都不会知道失踪的人到底去了哪里，形成“吃人”的印象倒也合情合理。

如果事情确实是这样，KSG 就从一个令人恐惧的幻影变成了实实在在的威胁，而且其危险程度恐怕比我所能想象的还要高。

不过，也只有如此，追逐 KSG 才有不可替代的价值。假如最后得出的结果是“KSG 什么的早就不存在了”，那只会让我陷入比恐惧更可怕的空虚之中。

少女见我一直不说话，想要趁热打铁，直接把计划变成现实：“既然你同意了，那我就回去告诉剃刀叔叔他们。我收拾好东西，明天和你一起走。”

“你给我等等！我可没答应你——”

“你要是不带我走，我就不给你看地图，还要让剃刀叔叔也对你保密！”

形势逆转，现在是我被动防守了。

我用力甩了甩头，试图开辟第二战场：“就不怕我在外面偷偷把你甩掉吗？到时候你既回不来又找不到我，哭都没地方哭！”

少女一怔，随即恢复了气势：“你不会甩掉我的！”

我心里一热，但嘴上还是固守阵地：“你怎么能确定？我带着你又没有用。”

“有用！”

“有什么用？”

“我……我是你的助手！你怎么能忘了呢？”

救治斧头那天，这个“助手”还是我先叫出口的——这可真是我自作自受了。

我随即想起少女搞不清生理盐水和 LHN979 注射液的事情来，但看着这个此刻满眼都是星星的少女，我实在不忍心用这样的话来泼她的冷水。

可我再不说什么的话，她就真的要跟着我四处流浪了。风餐露宿还在其次，万一在追查 KSG 的过程中遭遇什么危险，我甚至都对不起将少女奉若神明的猎人们。

喀啦——喀啦，像是挑准了时机打破沉默一样，从楼下传来了奇异的声音。

我的第一反应是，难道有丧尸病患冒出来了？从医生的角度来说那些人是“患者”，而从一般人的角度来说那就是不折不扣的丧尸。但猎人巢穴周围都是迷宫一般的树林，我也从未听说猎人中有谁碰上了丧尸。

难道是猎人中的某位因为找不到圣女，又没在房车一楼看到我，急昏了头，开始撬锁了？

细碎的声音很快停了下来。我还没来得及站起身，整个车身忽然轻微摇晃了一下。

“砰！”一声沉闷的钝响过后，杂乱的脚步声在楼下响起。有人破门而入。

我低声问少女：“知道是谁吗？”

少女紧张地摇了摇头，浑身发抖。

不管是谁，能确定的就是肯定来者不善。我一手拉着少女，另一只手从白大褂内侧掏出手弩，躲到了二层最里侧的纸箱后面。

“头儿，没听说过这群疯子还有辆车呀。”

是我从未听过的说话声。

“不管了，不管是这帮疯子的还是别人的，能和他们搅和在一起的肯定不是什么好人。把藏在车里的人给我搜出来！”被称为“头儿”的人听起来年纪并不是很大，但声音相当凶狠。

我看了看在我身后发抖的少女，毫无血色的脸几乎融化在惨白的月色里。

“头儿，你快看，这……这么多药……”

我心里一沉。装药的冰箱被人打开了。

头儿似乎也吃了一惊：“有多少？”

“五、十、十五……数不过来啊！怎么说也得有上百……上百瓶，这下咱们发了！要不咱们今晚就这么收工——呃啊！”

楼下突然安静下来。半晌，头儿的声音才响了起来：“老子今天是报仇来的，等到把仇人杀光，这车里的，还有他们洞里的东西，随你们拿！但是现在，谁要是再敢提这堆药的事儿，地上躺着的这个就是你们的下场！听明白了吗？”

“是！”

起码有五六个人的声音传到了楼上。少女再也抑制不住恐惧，不由得瘫坐在地上。

“什么声音？”

“头儿，好像……好像是头顶上！是二层！这车有两层！”

“把上楼的地方找出来！给我搜！”

杂乱的脚步声再度响起。

我压低声音问少女：“你斧头叔叔都教过你什么？”

少女像是听不见我说话一样，只顾着发抖。

“喂！”我急得顾不上压低声音，“问你呢，你斧头叔叔不是教过你战斗吗？”

“欸……啊！是……是这样没错，但是……”

我沮丧地转过头去，看来是指望不上她了。

“但是我没认真学过，只……只学会了怎么用弩……”

用弩？“射得准吗？你斧头叔叔教你的时候怎么说的？”

“他……他说我还算有天赋。”

“那太好了，你拿着这个！”我大喜过望，从白大褂里又掏出一把手弩，交给瑟瑟发抖的少女。

“这是……你的手弩？”

“没错。一会儿有人上来，你直接朝着他射就行。”

“可是手弩的威力……”

我拍了拍少女的肩膀，试图让她镇定下来：“威力不用担心，只要你能射中人就肯定没问题。”

“你这是普通的手弩，可是他们少说也有五六个人……”

“你放一万个心，我这弩威力大着呢。”说完，我努力挤出一个故作镇定的微笑。

少女半信半疑地看了看我的脸，又看了看手里的弩。

“你把最前面的挡板按下去，把弦拉开，再推一下侧面那个金属扣。”

少女依言照做，一根弩箭跳了出来，正好停在了蓄势待发的弓弦前面。

“这把弩的装填速度好像确实快一点，但是无论如何……”

“好啦，我这里还有一把弩呢，两个人两把弩，他们总共也就五六个人，还是我们的赢面大！”

少女缩手缩脚地把弩架在了纸箱上。

我尽量不发出声音，换了一个离她较远的位置，也把弩架好。这弩的威力我确实有绝对的信心，但少女说得也对，对方人比我们多……所以赢面的大小，就只能看少女的“还算有天赋”是多少了。一滴汗珠从脸颊一直流进了我嘴里。

不知道过了多久，当我终于忍不住要伸手去挠被冷汗蜇得刺痒难耐的后背时，通往一层的活板门处传来敲击声。

我瞥了一眼少女的方向，她还是抖得厉害。按照这个节奏抖下去，就算再有天赋也不可能射中人啊！

“头儿，这里有个门没锁……能打开！”

“上！”

半个身子从活板门处探了出来，还没等我作出反应，身旁不远处突然传来少女的尖叫声：“别过来啊啊啊——”

我哑口无言地看着陷入恐慌的少女，她一边闭着眼睛尖叫，一边扣下了扳机。

虽然房车二层没有照明，但我还是听见了弩箭划破空气的声音，和刺进柔软物体时发出的“噗嗤”声。

“哎哟！”已经爬上了二层的男人中箭呼痛。

少女睁开双眼，看到弩箭射中了男人的肩膀，整个人像脱力一样软了下来。

如此究极的瞎猫碰到死耗子我也是头一回见。不过，瞎猫碰到死耗子也好，精确计算一发入魂也罢，就算拿着弩箭戳这人一下也没关系——接下来的事情已经不劳任何人操心了。

一种奇特的像是在搅拌黏稠液体一样的“咕啾”声从男人的肩膀处传到我和少女耳边。少女一半紧张一半不解地看向男人的方向，而我则在心里长舒了一口气，对男人道了一声永别。

男人惊恐的声音从对面传来：“怎么回事，我——别，别!!! ”他一手捂住中箭的肩膀，另一只手拼命在空中乱挥，仿佛要抓住什么不存在的扶手似的。

接着，“咕啾”的声音越来越大，很快化为一种奇特的、黏糊糊的爆裂声从男人的肩膀处传来。

在一呼一吸之间，男人身体的各个部位接连发生爆炸，最后还残留在这世界上的，唯有满地的血污。

楼下传来人间地狱一般的惨叫声。炸成碎屑的男人的一部分似乎穿过打开的活板门掉了下去，正好落在了等着上楼的那些人面前。

而少女也被眼前过于血腥的一幕吓得失了神，跌坐在地，动弹不得。

“喂，醒醒，醒醒！”我试图把少女喊醒，但收效甚微。没办法，我只能拿着手弩凑到她身边，抓住她的肩膀摇晃起来：“振作点，还有敌人呢！”

少女被我摇了半天，终于回过神来（下面的惨叫声还在此起彼伏）：“你说的威力，就是……这样？你的弩箭会让人自爆？”

我点点头：“抱歉，时间紧张，来不及和你解释。不过不会传播自爆病的，你放心。”

少女像淋湿的小狗一样用力甩了甩头，长发在月色里泛起冷光。

“好点了吗？”

“你说得对……我又不是没看过叔叔们战斗的样子，”少女既像在对我说话又像在自言自语，“这么点……这么点小事就……”

“对第一次看见的人来说确实不能算小事。接下来就严防死守吧——虽然我猜他们也不敢上来了。”

“嗯。”少女的回应里多了几分力气，似乎终于镇静下来，“有老大这么厉害的弩箭，他们上来就是送死了。”

“老三，你上……上去看看怎么回事！”楼下的首领虽然不明就里，但还是努力维持着声音里的狠劲儿。

“头儿，我……”

“少废话，信不信我现在就做了你？”

我和少女的四只眼睛紧紧盯住打开的活板门。爬梯子的声音传了上来，活板门处探出半个脑袋，在看到了满地的狼藉之后（我对少女摇了摇头，示意她先别动）立刻缩了回去，楼下随即响起干呕声。

“你看见什么了？说啊！”

“老三”好不容易在干呕的间歇把话说了出来：“头儿，是自爆病……”

楼下一阵沉默。大概是这些人在互相检查眼睛有没有变红吧。

过了一会儿才开口的首领的声音里，也带上了一丝不易察觉的恐惧："看清楚了？都没被传染吧？"

没人说话。

"没事儿就好！二楼咱们就别管了。老三，你把冰箱里的药全都带走，老五看着他，剩下的人跟我下车，和外面的弟兄们会合，杀到那帮疯子的老巢里去！"

"是！"

我悬着的心终于放了下来。药他们想拿就拿吧，虽然对他们来说那一冰箱的药堪比一座金山，但于我而言并不算致命的损失。

少女突然站了起来。

"你干什么？"

"他们要抢药啊。"

"抢就抢了，我不差那些东西。再说有你的叔叔们，他们跑不出去的。"

"那也不行！"少女走到我身边，把我面前的手弩也拿到了自己手里，"我知道药很珍贵的。而且我是你的助手，怎么能眼看着老大的东西被抢呢？"

我哭笑不得地看着她："助不助手的一会儿再说，你刚才怕成那个样子，现在又不怕了？"

这句话似乎问到了点子上，少女停下脚步，歪了歪头："怎么说呢……刚才我不知道你的手弩这么厉害，满脑子都是'完了完了’，根本就想不了事情。但现在我已经知道了，用这个对付那些人不是小菜一碟吗？”

我发觉根本劝不住少女，只好也站起身来：“那至少两个人一起去啊。”

“老大就歇着吧。”少女回过头来冲我一笑，“从来都是叔叔们保护我，可现在我成了老大的助手，就应该由我来保护老大了。”

少女坚决不把另一把手弩还给我，我只能从纸箱子堆里拽出一根棒球棍拿在手里。无论如何，我还是不放心让少女一个人去对付那帮穷凶极恶又来路不明的家伙。

地上满是尸骸的碎片和黏稠的黑色液体，想不发出声音地走过去也很困难。不过对现在的我们来说，下面的人只要胆敢露头，结果就只能是让车里再脏一点而已。

我朝梯子下面望了一眼，活板门的正下方没有人。我试着把头伸到活板门下面，却和梯子不远处的一个满脸菜色的男人打了个照面。

“楼上有人，老三过来帮忙！”

我连忙把头缩回去，和少女躲到了活板门后面。

我们刚藏好，“砰”的一声，一个圆圆的东西射了上来，嵌在房车的顶棚上。难道是子弹？下面的人居然有枪？

我眯着眼，对着嵌在顶棚上的东西看了又看，才发现那是一枚钢珠。应该是机械结构的钢珠发射器。不管怎么说，如果连这种小喽啰级别的人都能拿得起枪，他们的“头儿”也不会眼馋我这一冰箱的药了。废土上随便一把枪都谈得上价值连城。

“你……你敢下来，我就射爆你的头！”

下面的人显然已经怕到结巴，但还在虚张声势——我很想提醒他一下，虚张声势如果只剩下虚，就成了个笑话。

活板门加梯子的结构易守难攻，他们想上来几乎没有可能。现在的问题只剩下……我还在思考对策，少女突然用胳膊肘关上了活板门。

几乎与此同时，又是“砰”的一声响，活板门被钢珠震得飞了出去。而下一个瞬间，少女纵身跳下一楼，两手直指前方，先后扣动扳机。

嗤——嗤。“咕啾咕啾”的黏糊声音再度响起，而这时才意识到自己中了箭的二人还没等做出任何反应，就在房车车厢里炸成了两团血雾。

我学着少女的方法跳到一楼（差点扭了脚），却听到少女懊恼的叫声。

“怎么啦？”

“老大，你的药——我不是故意的！”

之前站在冰箱前面的“老三”没关冰箱门，因此他自爆的时候把周围的东西全都染成了一片红黑，外面就不提了，冰箱里面的药也没能幸免。

喂，这种时候你还在关心那些药的事吗？我不知道说什么好，只能拍拍少女的肩膀，示意她没关系。

外面还有几个人，听到了车里的响动后，纷纷举起手里的武器，往车门处聚拢过来。

少女把两把手弩装填好后蹿到了门边，稍微瞄了一下，弩箭以几乎和门平行的角度射了出去，正中一人的喉头。

“谁？呃……呃啊啊啊——”砰——爆炸声为男人的惨叫收尾。

其余的人被突如其来的自爆吓得呆若木鸡，少女趁势转到门口，又是一根弩箭射了出去，又是黏糊糊的爆炸声。

仅存的一人在终于明白发生了什么之后，一边惨叫，一边头也不回地朝着猎人巢穴的方向逃了过去——大概是吓昏了头吧。

在确认了周围已经没人之后，我和少女刚刚下车就遇到了夹子。而夹子看到满身都是血迹的少女，吃了一惊，转头怒视起我来。

“夹子叔叔，我没事，一点伤都没受！”少女赶紧朝夹子喊道。

听了这话的夹子满脸狐疑地打量起少女来，少女还配合地转了几圈。确认了“圣女大人”毫发无损之后，夹子眼里的恼怒变成了困惑。

“洞里面的情况怎么样？”我问道。

“敌人全灭。”

“我们有人受伤吗？”

“铁锅擦破了一点皮。”

少女紧张地追问道：“只有铁锅叔叔吗？”

夹子点了点头。

一阵脚步声传来。是洞口的方向，里面又跑出来一个人影，正是铁锅。

“铁锅叔叔！”

少女飞奔上去——应该是想知道铁锅究竟伤到了哪里——看到铁锅的伤势之后，却扑哧一声笑了出来。原来铁锅根本就没被人伤到，真的只是手肘擦破了皮——大概是在哪里蹭了一下吧。

铁锅却没像往常那样跟我们打趣，而是直奔夹子而去：“夹子，你先回去，剃刀让我安排圣女大人和医生的事儿。”

夹子闻言，脚不沾地地往猎人巢穴内部飞奔而去。

“铁锅叔叔，这些人到底是哪里来的？”

铁锅神色复杂，想笑，但并没笑出来：“一伙下三烂的掠夺者，圣女大人别担心。”

“掠夺者？他们是来……报仇的吧？”

铁锅的脸上浮现出与他的相貌不相称的惶恐：“您怎么知道他们是来报仇的？”

少女反倒被铁锅的脸色吓了一跳：“我……我只是觉得，叔叔们平时，平时不是会去杀掠夺者吗，所以……”

铁锅盯着少女的眼睛：“别的原因呢？”

“没……没有了。”

铁锅摇了摇头，似乎放下了心：“没错，虽然不知道他们怎么找上来的，不过就是一伙来报仇的掠夺者……今晚您还是洗个澡就睡吧。麻烦医生陪圣女大人一晚，她一个小孩子，肯定被吓得不轻。”

虽然我很想告诉他，拜“圣女大人”所赐，被吓得不轻的人是我，但在这种时候说这种横生枝节的话，那就太不识趣了。我对着铁锅点点头：“除此之外，还有什么我能帮忙的事吗？”

“没什么了，只剩一个活口——”铁锅刚说出“活口”两个字就捂上了嘴，又像是发觉到不妥一样把手藏到了身后，最后强笑着说道，“没什么好担心的，医生也早点休息吧。”说完，铁锅急匆匆地离开了。

“现在怎么办？就按照铁锅说的，早点休息吧？”

少女显然也被铁锅弄得不明所以，心不在焉地“嗯”了一声，带着我朝洞口走去。

“你之前跟铁锅说的‘杀掠夺者’是怎么回事？”

少女低着头答道：“其实我不想让你知道的，叔叔们每隔一段时间就会去找一个掠夺者的老巢，抢走里面的东西，杀光里面的人，把这个叫作‘打猎’。上次斧头叔叔就是打猎的时候被掠夺者打伤的。”

我恍然大悟，怪不得猎人巢穴的物资如此充足。

不过接受了这样的解释之后，又有新的问题冒了出来：猎人们何苦要跟穷凶极恶且根本就杀不完的掠夺者们死磕呢？听少女的意思，猎人们每次都要把掠夺者杀光，到底是因为什么深仇大恨才会这么极端？

猎人们行事虽然恩怨分明，但绝对谈不上“正派”，为什么要做这种事情？难道仅仅是为了掠夺者们的物资？我按捺不住好奇心，接着问道："那你知道为什么叔叔们专门挑掠夺者下手吗？"

少女瘪了瘪嘴："不知道。谁也没告诉过我为什么。叔叔们一开始连这件事都想瞒着我，但有一次在搬家路上没了食物，叔叔们不得已……我才知道的。在那之后，虽然他们不会带我去打猎，但像受伤、杀人、被人报复这些事，也都不会故意瞒着我了。之前我们也被掠夺者袭击过几次，后来叔叔们连着搬了几次家，才找到了这个山洞。"

"怪不得你这么快就适应战斗了。别看我现在是个医生，第一次给人做手术后，我想起那些血肉模糊的场景就吐，好几天吃不下饭。"

少女的心思并不在和我的谈话上，但还是勉强笑了笑。

我尽量挑些轻松的事儿讲，少女也极力配合我——直到我俩都洗了澡换好衣服，我发现自己已经找不到话说了。而一直都心不在焉的少女则躺在床上，眼睛直勾勾地盯着天花板。

压抑的沉默笼罩了整个房间。

"要睡吗？"我问少女。

少女摇了摇头，爬了起来，从床底下掏出一大堆毛绒袜子，给自己的每只脚都套了好几层。

"我要去看看那个活口。"少女边穿边说。

我回想起铁锅吞吞吐吐的样子，确实太让人在意了。现在就算把我换到少女的位置上，恐怕也会和她做一样的事情。

"你的叔叔们一般会把所谓的'活口'关在什么地方？"

少女歪着头想了一下，答道：“饭厅。”

从少女的卧室到饭厅，不短的路程中，我们一个人也没有碰到。前面再拐一个弯就到饭厅了。饭厅并没有门，我和少女藏在拐角处的阴影里面，不敢把头探出来，只能偷听。

“你到底说不说？”说话的人是剃刀，虽然是威胁，但怎么听怎么像是实打实地准备要了对方的命。

“说了也是死，不说也是死，有什么好说的！”是“头儿”的声音。

少女差点惊叫出声，幸好我眼疾手快，捂住了她的嘴。

“你不说，就以为我们不知道了？”剃刀声音里的阴冷让人想起冬天里整晚都关不严的漏风窗子。

“头儿”不为所动道：“得了吧，你既然知道，还问我干什么！”

第三个人冷笑起来，听声音是斧头：“呵呵，灰狗的狗崽子，烧成灰我也认得出来！”

“你敢骂我爹？我爹叫灰狼，你这个痨病鬼……”

连还在卧床的斧头都过来了吗？

“我怎么不敢？灰狗这个人渣、畜生！”

“你骂我可以，不许你骂我爹！赶紧动手杀了我呀！像杀了我爹一样杀了我呀?！”

“啧啧，狗崽子还有点骨气，不过你可别想错了，别以为充一充好汉就能死个痛快！”

“头儿”的声音不由得颤抖起来：“好，好，我活着报不了爹的仇，死后变成恶鬼再来找你们！”

“你说报仇？”我一惊，出声的人是夹子。

“头儿”也吓了一跳，气势被夹子压得死死的，但嘴上仍旧不肯认输道：“我替我爹报仇——”

“你……你……”夹子粗重的呼吸声把自己的话语也搅得支离破碎。

“我……我怎么了？我替我爹——”

“你也配报仇？”仿佛暴雨中的滚雷似的，沉痛的声音道，“你也配报仇?!”夹子的音量越来越高，他最后吐出的那个“仇”字，如同隆隆的滚雷之中突然响起的一声霹雳，震得我的耳膜隐隐作痛。

惊雷过后，饭厅里一时鸦雀无声。过了良久，才响起了剃刀的声音：“夹子，你先冷静一下。”

夹子沉重的脚步声从饭厅中央移动到了角落。

我和身旁的少女不由得对视了一眼。少女眼角挂着泪珠，脸色惨白里带着一丝红晕，似乎即将知晓什么天大的祸事，却又按捺不住致命的好奇心。

我看着瑟瑟发抖的少女，心里一痛，下意识地把她搂在怀里。不知是不是暖和一些了的缘故，少女抖得没那么厉害了。

剃刀的话音再度响起：“你是叫狼毫吧？”

“头儿”已经完全没了一开始时那股天不怕地不怕的气势：“……是。”

“你知道你爹灰狼做了什么，才被我们杀掉的吗？”

“我——我爹已经死了，我怎么可能知道！”

“那好，我告诉你，你爹到底干了什么。”剃刀缓缓地、带着明确的愤恨和悲痛娓娓道来。

“你爹是六年前这一带最大的掠夺者头子，这你知道吧？”

六年前？我记得少女也是……

“嗯……”

“他当年的势力，可比你这个愣头青大得多了。我们当时只不过是一帮刚搬到这里、拖家带口的外乡人，随便找了一块还算能住人的地，就把那儿圈了起来，当成聚居点，以为从此就能过上与世无争的太平日子。

“灰狼从我们一到这儿就盯上了我们。他好几次派人到聚居点来，威胁我们向掠夺者进贡，但每次都被我们轰了回去。灰狼觉得面子挂不住，亲自带人来攻打聚居点，我们也没客气，他要打，我们就跟他打，最后还把他打退了。

“灰狼发现他打不赢我们，就换了一副嘴脸，要和我们‘摒弃前嫌’，以后再也不来骚扰我们，条件是我们不许与其为敌。我们早就厌倦了打打杀杀，搬到这儿来本来就是避祸的，一听说掠夺者要讲和，全都兴高采烈。

“我们当时的老大是最不想打仗的，但他总觉得可能有诈，不想答应灰狼，可惜拗不过我们这些手下，还是跟灰狼停了战，还办了个什么……‘停战仪式’。嘿嘿，我们当年是真的傻透了……傻透了！”

饭厅里，不知是谁抽了抽鼻子。

“我们是不想打了，可灰狼想呀。他这个人也真是能忍，足足忍了三年，三年啊！这三年里，他一次也没来过我们的聚居点，甚至他的人在野外碰见我们，都会主动避开。灰狼做到了这个份上，我们哪还有一丁点怀疑呢？

“就这么着，我们过了三年的太平日子，直到三年之后的……8 月 23 日。我记得清清楚楚。”

少女听得出了神，甚至跟着剃刀轻轻重复起“8 月 23 日”这个日期来，语气却不像剃刀那样沉重，反而有几分怀念，仿佛念叨着遗失已久的心爱之物的名字。

“那天晚上，我们聚居点里所有的男人都喝得烂醉。而灰狼……哈哈，他早就派人摸清了我们的底细，知道我们那天的警惕性是最低的。所以，他就在那天夜里，在聚居点里连个清醒的男人都没有的时候，带着人杀了进来。

“要光是这样也就罢了，生死也就是这么回事，世上又有几个人能得善终呢？可灰狼，你爹，你知道他干了什么吗？他……他带着手下的人，把我们这些晕头转向、根本不知道发生了什么的男人关进了广场上的一个铁笼里，然后把大家的妻儿全都赶到了广场上，就在我们的笼子旁边。

“狼毫，你猜，你爹接下来做了什么事儿？”

剃刀的问题里带着毫不掩饰的恶意。

“你……你骗人，我爹，我爹怎么可能……”

“哈哈，我骗人？拜你爹所赐，这屋子里的每一个人，都用自己的眼睛看得清清楚楚，你那个禽兽不如的爹，那天晚上到底干了什么!

“你爹有耐心，他能等，他等得起！他等我们这些废物的酒醒得差不多，等我们开始在笼子里闹腾，开始痛骂他乘人之危、猪狗不如时，他就把广场上的人分成两堆，一堆是女人，一堆是孩子，两堆人都被他手下的掠夺者围得严严实实。

“然后……然后——

“他一声令下，先是有人向我们的房子放了火，接着，他手下那些掠夺者开始动手，当着我们这些人的面……就在我们眼前……屠杀我们的妻儿。我现在还记得，整个广场周围火光冲天，你爹手下的人像疯了一样乱砍乱杀，我还记得，我老婆是怎么被那群畜生砍倒在地，我儿子是怎么被和你差不多大的狗杂种剁成了……”

剃刀没再说话，饭厅里也没有一个人再发出声响，只有隐隐约约的抽泣声在冰冷的空气中回响。

“啊啊啊——”

凄厉的、撕心裂肺的惨叫突然响彻整个猎人巢穴。声音的来源不是别处，正是我怀中那个“只有六岁”、没有父母、拼命想知道猎人们究竟在隐瞒什么的“圣女大人”。

惨叫声戛然而止，我怀里的身躯像是被抽空了一样软了下去。少女再次失去了意识。

我自知理亏，抱着少女瘫软的身躯，从拐角处的阴影里走了出来。

剃刀看着我，先是瞪大了双眼，而后，脸上的表情从惊愕变成愤怒，从愤怒陷入绝望，最后又从绝望转为释然。

“医生把圣女……唉，叫了这么多年，改不过来了——把圣女放到那边吧。”剃刀指了指角落里从来没有人坐的那张小桌子。我依言照做，把少女安置在桌边的椅子上。

“医生听了大半，想必也能猜个八九不离十了，干脆就在这儿听我们这些人把故事讲完吧。”

我点了点头，余光扫到了被绑在椅子上的狼毫，他还只是个充满孩子气的少年。

“狼毫，你还想说什么吗？”

面如死灰的狼毫摇了摇头。

剃刀的情绪稍微平稳了一些，但话里的恶意丝毫不减：“你不光不想说，恐怕也不想听了吧？可故事还没讲完呢。

“你爹不光让手下的人去杀人放火，他自己也忍不住，像个畜生一样……最后，整个广场上，除了你爹和他的手下之外，已经没有一个能动的人了。这群杂种从我们的仓库里把吃的喝的搬了出来，就坐在尸山血海里，一边大吃大喝，一边听着我们这些人痛哭、讨饶、怒骂、求死……

“而这帮畜生吃饱喝足之后，像是忘了广场上还有我们这些人一样，直接倒在地上，横七竖八地睡了过去。恐怕是根本就不把我们放在眼里了吧，呵呵，哈哈哈哈！”剃刀扭曲着嘴角，冷冷地笑了几声。

“我们那天夜里唯一的一点运气是，管铁笼的人正好醉倒在笼子旁边，而钥匙就在他脚边闪闪发光。

“我们所有人都试了，就是胳膊最长的人，离钥匙至少也还有一只手的距离……对，是笔尖。笔尖几乎把自己的肩膀都嵌进了铁笼的缝隙里，可是够不到，无论如何也够不到钥匙。

“然后……老大像是变戏法一样，从贴身的衣服里摸出了一把匕首。老大拿着匕首，笑了。

“我们这些浑蛋，根本没有一个想到老大要做什么，还以为老大发了疯，谁也不敢靠近他。

“老大笑着……我现在还能想起老大的那张笑脸……老大看着我们这些浑蛋，右手拿着匕首，硬生生地……把自己的小臂给……砍了下来。”

饭厅里的哭声响成一片。我呆呆地看着剃刀拼命压抑着悲痛的脸，不由得也湿了眼眶。

“笔尖拿着老大的胳膊够到了钥匙，笼子的锁一开，我们就冲了出去，把那群畜生撕成了碎片。但是老大……老大断了胳膊之后就昏了过去，直到最后也没醒过来……

“我们所有人的家人全都死在了你爹手里，唯一一个例外，就是老大的独生女儿。她运气好，大概是一开始就被打晕了，这才活了下来。”说着，剃刀朝角落里那张桌子看了一眼仍旧沉睡不醒的少女，“所以我们成了猎人，专门狩猎你们这些掠夺者的猎人。

“现在，我们和你爹的故事讲完了，我再替夹子问你一遍，你，也配报仇？报你那个猪狗不如的爹的仇？”

狼毫的嘴唇翕动着，想说话，却说不出来。

剃刀不屑地哼了一声："我等着。你要是还有脸替你爹报仇，就直说好了。你说话之前，没人会动你一根手指头。"

"……夺者。"

"什么？"

"……掠夺者。"

剃刀厌恶地朝狼毫的方向凑近一步："有话就大点声！"

"我说，你们在搬来之前，也是掠夺者!!！"

这句话的尾音还没消失，坐着的猎人们腾的一声全都站了起来。

剃刀的表情极为险恶："你说什么？"

狼毫脸上反而多了几分复仇的快意，一口气说了下去："我爹告诉过我，他把你们的底细查得一清二楚，你们在搬到这边之前也是掠夺者！是，我爹是背信弃义、猪狗不如，可你们呢？就算你们有情有义，可你们掠夺者的名头是白叫的吗？难道没有烧杀抢掠过吗？你们谁的手中还没有几条人命吗?！"

夹子不由分说抢步上前去，对着狼毫的脸就是狠狠的一耳光。

"哈哈哈——畜生，全都是畜生，哈哈哈哈哈哈!!！"狼毫的左脸高高肿起，他自己却像完全没意识到一样，精神崩溃般地狂笑起来。

夹子反手又是一巴掌，狼毫反而笑得更加大声。夹子带着杀意举起拳头，却被剃刀拦住了。

"别碍事！"

“你杀了他，然后呢？”

夹子一怔：“然后？”

“现在这里不光有我们，有这个狗杂种，还有医生在。你杀了他，怎么跟医生解释？为了不让他胡言乱语，所以把他杀了？”

夹子凶狠而绝望地摇了摇头，走回了他一直待着的那个角落。

狼毫连着笑了一分多钟，最后，随着一阵抽搐，疯狂的笑声戛然而止。恐怕他是笑过了头，由于喘不上气，晕了过去吧。

剃刀走到我面前，直视我的双眼说：“医生。”

我也对剃刀报以直视。

“你觉得，狼毫说的是实话吗？”

我摇头道：“不知道是实话还是谎话，但是……”

“医生尽管说。”

我如实相告：“但是看他这样的反应，确实不像在说谎。”

剃刀闭上双眼，深深地叹了口气道：“医生猜得没错。很久很久以前，我们就是一帮掠夺者，一帮无可救药的掠夺者。”

“医生已经听了一晚上的故事了，我就长话短说。”

我点点头。

“我们这些人本来是北边的掠夺者，虽然没有灰狼那么寡廉鲜耻，但狼毫说得没错，我们每个人手中都有人命，而且不止一条。

“我们之所以搬到这边，直接原因是老大有了个女儿。唉……我不知道怎么跟你解释，老大确实是个天生的领袖，不管他说什么，我们都愿意听，总之，老大有了女儿之后，决心不再干染血的勾当，而我们也确实厌倦了刀头舐血的日子，再加上之后大家陆续有了自己的孩子，也算是为了孩子着想，我们这群人就真的洗手不干了。

“我们从北向南，走走停停，总共走了一千多公里，才在这附近建立起了聚居点。那个时候离我们出发都已经六七年了……然后就是你今晚听到的灰狼的事情了。

“8 月 23 日……那一天，其实是老大女儿的十岁生日。我们这些浑蛋，本来是给小孩子庆生，自己却喝得烂醉……

“小姑娘在那一夜之后睡了好多天，她醒来之后，之前整整十年的事都忘得一干二净，连自己叫什么都不知道了。我们里面最有文化的笔尖说，失忆也是自我保护的一种，小姑娘既然都忘了，就别再让她想起来，否则还要出乱子。

“就这样，我们合起伙来编了一个弥天大谎，老大的女儿才成了我们的‘圣女大人’。说实话，之前我们总是觉得，如果我们自己都不信她是圣女，那这戏肯定演不像、也演不长。可是，要不是今天这么一闹，大家真把她到底是谁给忘了，我们怎么对得起老大呢？”

我默然。

剃刀苦笑道：“医生是不是不屑和我们这些掠夺者为伍？”

我摇了摇头，长叹一声：“倒不至于……只是，今晚的事太沉重，我现在也不知道该说些什么。”

“也罢，医生还是带着小姑娘回房间睡觉吧。等她醒过来，帮我们问问她都想起什么了，如果都想起来了最好。要是真像笔尖说的，硬是把忘掉的东西记起来可能会疯掉，那也是我们的命，左右不过是照顾她一辈子——唉，笔尖都不在了。”剃刀脸上的老态彻底显露出来。

我一夜未睡，整晚都在少女房间里的沙发上想事情。少女倒是睡得很香——我怕有什么万一，在把少女抱回来睡觉之前先给她检查了一番，结果没有任何异常，她只是睡着了而已。

第二天早上少女醒来时，我仔细观察她的表情，却没发现什么异样。

“老大，你干吗盯着我看啊？”

我绞尽脑汁，想说一句既能打探少女口风又不会泄露信息的话，但无论如何也想不出来。

“老大？”

我没有办法，只能没头没脑地问了一句：“昨晚睡得怎么样？”

“不怎么好，昨天累过头了。”

我附和道：“确实够累的，而且你睡得也晚。”

“不晚啊？我记得我俩都洗完澡也就十点多钟，十点多钟很晚吗？”

我皱起眉头，难道在她的记忆中，昨晚的事情就到去偷听之前为止？以防万一，我又问了一句：“话说，你为什么要叫我老大啊？哪有助手管医生叫老大的。”

少女挠了挠睡乱的头发：“你问这个干什么？我也不知道为什么，只是觉得当助手的就该这么叫而已。”话说到这，少女突然兴奋起来，“对了对了，你看，既然我昨晚这么能打，当你的助手肯定没问题对吧？”

我不知该点头还是摇头：“我还是先去找你的叔叔们商量一下吧。”

“医生是说，圣女根本不记得昨晚听到过的事？”剃刀和我一样惊讶。

“虽然我也不敢相信，但她确实什么也没想起来，连听到的东西都忘了。”

剃刀喃喃道：“这么一来，我更觉得笔尖说得没错了……一旦她真的想起来，不知道会变成什么样。”

“还有就是，她一门心思想当我的助手，跟着我走，离开猎人巢穴。”

剃刀听了这话倒也没怎么惊讶：“早就猜到了。我们虽然是为了她好，可一直有事瞒着她也是真的，尤其是前一阵子，我们像魔怔了一样，几乎把她原本是谁都忘掉了，她讨厌我们也是理所当然。”

“她其实还是把你们放在心上的。”

“这我当然明白，但是……唉，说句实话，她和你在一起的这一周里，笑起来的次数恐怕比过去一年都多，我们都看在眼里。”

“那你的意思是……”

“她要跟你走就走吧。”

我一时竟然分不清自己到底想不想带着少女离开，只是下意识地把话说出了口：“可我有自爆病的。”

剃刀看着我血红色的眼睛笑了起来：“反正我们不在乎，老大的女儿不在乎，我猜老大自己也不会在乎。医生反倒在乎吗？”

我心乱如麻，说不出话。

“就算没有自爆病，人又能活多久呢？”剃刀不像在看我，倒像在看我身后的什么东西，“我们这些人的孩子里最小的甚至还不会走路，不也被杀了吗？我们当掠夺者时杀的那些人，最小的和医生你差不多大，他们不也死了吗？就算不说我们这些你杀我我杀你的疯子，聚居点里的那些人，不也有好多是生了场小病就莫名其妙地没了吗？”

“可是——”

“医生，你还这么年轻就要开始考虑自己什么时候死，确实残忍了点。”

我等着剃刀说下一句话。

“我是比你大得多，但我敢说，现在这个世上，活得长是最没用的，如果能活得合自己心意，命不久矣又有什么好怕的！像我们这种不知道为了什么而活下去的人，就算活到七八十岁，又有什么用呢？”剃刀在我开口之前，伸出手按住了我的肩膀，“小子，我们这群人共同养了六年的女儿，就交到你手上了！”

说完这句话，剃刀自顾自地仰天大笑起来，笑声里尽是苍凉。漫长的六年之后，他终于彻底学会了如何与绝望和睦相处。

剃刀把猎人们召集到自己的房间里，向他们宣布了老大的女儿即将和我一起离开的消息。出乎我的意料（同时正在剃刀的意料之中），没人反对，没人提我自爆病的事情，每个人都很轻松，或者说释然。

从一开始就没有什么“圣女大人”，那只不过是失去了一切的男人们为了支撑自己活下去，而创造出的幻影。猎人们眼中的

“圣女”终于褪去那层妄想中的光环，变回了受大家疼爱的少女，而事情也终于变回了它该有的样子。

不过，猎人们虽然与自己达成了和解，却并不打算放过我这个把大家的掌上明珠拐跑了的家伙。

“我跟你讲，你要是敢让她擦破一点皮，我打折你的腿！”这是斧头（躺在椅子上）。

“医生可别在吃上太抠门，她要是因为吃得不好跑回来，我这当叔叔的都替你害臊！”这是铁锅。

“别弄哭她，否则没完。”这是夹子。

有人在我脑袋上敲了两下。这是钥匙。

等下，敲两下的意思是“否”吧？

猎人们围着我，用自己的方式为我和少女的未来送上祝福。

而剃刀在远处看了一会儿，突然清了清嗓子：“咳——咳，铁锅，你会搞无线电什么的吧？”

铁锅突然坏笑起来：“嘿嘿，剃刀提醒得好！”说完，他学着钥匙的样子也在我脑袋上敲了两下。

事情最后演变成了这样：一半的猎人去帮少女收拾行李，另一半跟着铁锅去我的车上安装无线电接收器。

按照剃刀的说法，附近有一处废弃的长波电台，如果有什么急事，他们会用那里的电台给我们发信号，到时候我们必须按照信号的指示行动，我要是胆敢不从，他就派夹子再来劫持我一次。而我根本就没有拒绝的份儿，只能笑着耸耸肩。“医生还有什么想说的吗？今天之后，恐怕要有一段时间见不到了。”

剃刀的房间里，只剩下我和他两个人。

我想起昨晚的事来：“狼毫最后——”

剃刀的眼神一下子锐利起来：“我也老糊涂了，事关重大，医生不问我差点就忘了。”

“狼毫还有什么来头吗？”

“不是狼毫，是他背后的人。”

“背后的人？”

“我们在他身上搜到了这个。”

剃刀把一个揉成一团的纸团递了过来。我展开一看，是一张地图——地图上全都是被森林包裹得严严实实的小路，与其说是地图，实则更像迷宫。在密密麻麻的岔路之中，有一道红色的笔迹，从外围一直画到了森林的中心。

“这是——这里的地图？”

剃刀点点头：“狼毫后来把什么都说了。他早就想报仇，但一直找不到我们在哪儿，而这张地图，是两天前有人给他的。那个人神出鬼没，连他也只见过那么一面。多亏他的人到我们这儿打探情况的时候被守夜的夹子看到了，要不然昨晚真不知道要闹出多大的事。我们唯一没想到的是，他们来得那么早，圣……又自己跑了出去，结果反倒把你和小姑娘给拖进了危险之中。”

“我倒是没什么，还是说地图的事吧。”

“医生想必知道，前几天我去调查了KSG。小姑娘说是自己感兴趣，但谁都知道，这事肯定和你脱不开干系。”

我点点头，心里生起一股不祥的预感。

“我们现在住的这个地方，别说狼毫，我敢说，除了我们猎人，没有一个人知道怎么进来。可怎么就这么巧，我刚调查了KSG，就有人把详细到我都害怕的地图交给了狼毫？”

“这……”

“医生，我要是猜错了当然最好，假如我猜得没错，那这个KSG可以说是深不可测了。”

“你是说，让我别再牵扯KSG的事？”

剃刀摇了摇头：“我只是让医生慎重，并没有阻止你的意思。医生肯定有不得不做的理由，我也没资格说三道四。我想说的是，以后如果有必要，医生可以来找我们，帮你一把的余力我们还是有的。我们近期就会再次搬家，到时候会给你发信号，你可别装没听到！”

我心头一暖。

“不过医生也别真的把我们当成什么大善人比较好。”

“这话怎么说？”

剃刀的眼神黯淡下去：“你一开始是想问狼毫现在怎么样了吧？他死了，我们杀的。”

我吃了一惊，稍微一想却又觉得合情合理，只能苦笑。

少女其实没什么东西好收拾，铁锅的安装工作也很顺利，一小时不到的工夫，铁锅推门进来告诉我和剃刀，一切已经准备就绪，我和少女可以出发了。

我站起身来，朝着剃刀深深鞠了一躬。

剃刀也起身对我还了一礼："医生没必要客气。"

铁锅在旁边帮腔："就是，拐跑了人家的姑娘，报酬也一点不少地放到了你车里，再客气就显得假了！"

我小小地吃了一惊："报酬……我没打算……"

剃刀哈哈一笑："医生毕竟是来出诊的，我们要是不给报酬，岂不成了拿女儿抵债！医生冲我鞠躬，恐怕也不是因为报酬，而是因为拐跑了我们的大小姐吧？"

我尴尬地笑了起来，笑着笑着，心念一转，问出了这次漫长的出诊中的最后一个问题："所以，你们大小姐的名字到底是什么？"

剃刀迟疑了片刻，缓缓答道："在她自己想起来之前，就让这个名字成为我们猎人仅剩的一点秘密吧。"说完，剃刀的脸上浮现出悲伤的笑容，颓然坐在椅子上，冲我挥了挥手。

"剃刀说他就不来送你们了，这次换我送你们出去。"铁锅坐在副驾驶位上对我说。

车厢后面传来少女——现在已经正式成为我的助手了——有点失望的声音："剃刀叔叔怎么了？"

"他没事，只是还有些事情要一个人想一想。"

我发动车子，令人怀念的引擎声响了起来。

铁锅的话还是很多。好几次他都在和助手聊得正起劲时突然说一句"前面左转""赶紧掉头"之类的话，搞得我一路上都神经兮兮的。中间有几分钟他又没动静了，这反倒让习惯了聒噪的我不大适应。从后视镜里看去，他整个人都挡在助手前面，看不清他在搞什么鬼。

安静的几分钟过后，闲聊声再次响起。我看了一眼后视镜，却吃了一惊，差点撞到树上——助手原本齐腰的黑长直发不知怎么的，已经只剩下肩膀以上的部分了。

我赶忙刹住车："怎么回事？"

铁锅嘿嘿一笑："既然都当上医生的助手了，头发当然要剪短，要不然多碍事。"

我问助手："留了那么长时间的头发，剪了不心疼吗？"

"欸？我自己要铁锅叔叔帮我剪的，为什么要心疼？"

"所以归根结底为什么要剪啊？"

"啊……铁锅叔叔说的是一个原因，再说，我从来没剪过头发，好不容易换了个环境，就想着，要不要顺便把头发也剪短呢，这样。"

行吧。

我再次发动车子。

"医生，你走过了！赶紧掉头！"

从猎人巢穴到外面的这段路究竟有多长呢——我没仔细算时间。对我来说大概是半个小时，对既兴奋又紧张的助手来说大概也就一眨眼的工夫，而对猎人巢穴里的人们来说……我猜，从我们驶离猎人巢穴到铁锅回去之前，这段时间恐怕要以年来计了。

无论如何，我们最终还是出了那片迷宫一样的丛林，开到了大灾变前修好的一段公路旁。

“铁锅叔叔，你要回去了吗？”

“我能跟车跟到这里，剃刀他们已经羡慕死了，我要是还不回去，他们怕不是要——对了，你戴上这个。”铁锅把什么东西戴在了助手的左侧刘海上。

他把手拿开之后我才看到，那是一个形状奇特，看起来很熟悉却又说不出到底是什么形状的发饰。中心是一个小小的圆，这个圆又连着两侧伸出去的四个梯形，整体看起来很像一个X。

“铁锅叔叔，这个是什么？”

“这是——”铁锅不往下说，反倒看了我一眼，“早年间留下来的东西，我们商量了一下，就当作纪念品送给你啦。你可别忘了你的这群叔叔们呐！哈哈哈！”铁锅的眼角有点湿润。

“嗯！我肯定会珍惜它的！”助手郑重其事地点了点头。

“那我走啦。出诊的报酬医生就找自己的助手要吧，剃刀他们还……还等着我呢。”说完，铁锅三步并作两步蹿出了房车。助手道别的声音还没说出口，他的身影就消失在茂密的树林里。

助手的手伸到一半，随着铁锅身影的消失，也僵在自己的脸颊旁边不动了。

没过多久，树林里突然传来震天响的歌声。歌词我一句都听不懂，只有如孤狼般仓皇凄楚的曲调和铁锅嘶哑的嗓音清晰可辨。

过了许久，铁锅的歌声没入林中，再也听不见了，而号啕大哭的助手也终于停止了抽噎。

我拍了拍助手的肩膀："放宽心，只要你想回来，我们什么时候回来都可以。要不然咱们现在就回去一趟也行？"

助手眼角带着泪痕，扑哧一笑："那——那像什么话！"

"出来半个小时也是出来了嘛，可以回去跟剃刀他们显摆了。"

"老大你欺负人！"

助手在一旁喝着饮料平复情绪，我则开始考虑把车往哪边开。去往被我放了两周鸽子的患者处当然是最正确的选择，但是……

"对了，你之前跟我说过的 KSG 的入口，那张地图你带了吗？"

"好好带着呢。"

助手摸了摸衣服左侧的口袋，然后是右侧的，然后是裤子，最后涨红了脸，之前的泪痕还没干，就又是一副要哭的样子："怎么会……找不到了……"

我深深叹了一口气，怀疑起自己带她出来的决定是不是过于轻率："你胸口那儿还有一个口袋呢，纸头都露出来了。"

"欸——啊！"

地图上标记的地方离我们所在之处并不远。按照地图上的记载，我们只要沿着公路一直开，在合适的地方左转，就能找到那个"地下入口"。

"那我们就赶紧过去吧！"

见我不动，助手又催了一句："老大，你磨蹭什么呢？"

我实话实说："我在想，万一我们真在那个地方找到了地下入口该怎么办。”

“怎么办…… 老大你没想过吗？”

“我之前觉得 KSG 不太可能还存在，但按照现在的情报来看，反而是存在的可能性比较大。”

“那不是正好吗？”

“如果 KSG 还存在，我们冒冒失失地跑到地下设施的入口去会非常危险。你也不想第一天出来就惨死路旁吧。”

“我们就去看一看，如果真‘有’的话，趁他们不注意赶紧跑掉就是了！”

我叹了口气：“哪有那么容易跑……算了，你拿着这个。”说着，我把腰间挂着的两把手弩中之一交给了助手。

“拿它干什么？”

我敲了敲助手的脑袋：“万一有什么危险，至少还可以拿来防身啊。”

“什么危险？”

“你啊！这不就是我决定去了的意思嘛！”

“那现在我知道了，你凶我干吗啊。”

我仰头望天。

我回到驾驶座上，而助手也把手弩挂到腰间，一手拿压缩饼干一手拿汽水，顺理成章地坐到了副驾驶位上。

“要学开车吗？”

“嗯…… 不要。”

“这么干脆吗！”

“看起来好麻烦啊。”

“行……吧。对了，铁锅说的报酬到底是什么啊？”

“铁锅叔叔说，在你亲眼看到之前要保密的！”

相比学开车，还是这个报酬听起来麻烦一点。

“你就告诉我吧，要不然我来猜也行。”

“好……好吧……不过只许猜三次！”

我稍微在心里过了一下猜想，随口把第一个想到的东西说了出来：“是不是罐头？”

“欸?！你怎么知道的？”

准到我自己都吓了一跳。

我和助手一路闲扯，很快就开到了地图上标示的地点。

而映入眼帘的一幕，让人既松了口气，又不由得紧绷起神经。

按照地图所示，入口实际上是一个山脚下的防空洞入口，对面是一座倒塌的楼房，楼房旁边还有个锈得不成样子的“生化危险区域”的牌子。

而现在，我眼前确实有一座山包，身后也确实有一片废墟，甚至连那个牌子也完好无损（虽然从锈蚀程度来看谈不上完好），但……本应该是防空洞入口的地方，被碎石和瓦砾堵得严严实实，而瓦砾堆和对面的废墟并不相连，甚至隔着干干净净的柏油路面。

我试着扒拉了几下眼前的碎石，随即感到绝望：我和助手一人拿一把铲子，从现在开挖，恐怕要挖到明天才能勉强让洞口露出来。

而挖出洞口之后无非就是三种可能性：一种，这儿什么都没有，我和助手白费力气；另一种，虽然有个洞口，但里面并不是KSG，我和助手白费力气——白费力气还算好的；而最后一种则是，我们把KSG前几天刚刚堵上的入口挖开了。

从瓦砾的状态来看，周围没有任何与其相连的建筑物或者废墟，最合理的解释就是，这些东西是人为堆在这里的。这样一来，最后一种可能性的概率直线上升。我感到一阵恶寒。

助手却显然没想那么多，而是绕着瓦砾堆饶有兴趣地观察起来。

"咱们还是……"

"老大，你看这个！"

我连忙跑到助手身边："什么东西？"

"和你车里一样的药瓶！"

我目瞪口呆地看着助手手指的那片碎玻璃。没错，虽然没有KSG的商标，但标签剩下的部分，与我冰箱里冷藏着的那几瓶PTT66注射液标签的图案和文字布局一模一样。我一把拉起助手道："走！"

助手虽然没搞清状况，但看我的表情不善，大概也感受到了危险的气氛，什么也没多说，跟着我快步离开了那片瓦砾堆。

我以最快的速度，抓着助手的手冲进房车，然后拳头狠狠砸向了驾驶座旁的关门键。

"所以，老大……"

"KSG确实存在，再在那里待下去绝对是自寻死路。"

助手还是没懂，但我已经打定主意，越快离开越好。至于解释就等到离开之后再跟她讲吧。

房车开始缓缓向前移动，我习惯性地扫了一眼后视镜，一个人影一闪而过。我以最快的速度摇下车窗，明知道这和自杀无异，还是把头伸出车窗，向后看去。房车之外空无一人，只有不知可曾变异的乌鸦在废墟旁的树上嘲弄着晚风。

我一脚踩下油门，引擎发出刺耳的轰鸣声，房车猛地向前蹿去。

然后——

然后……

那天之后将近三年过去了。

我流浪医生的名声越传越响，助手也逐渐适应了她的本职工作。我俩的配合越来越默契，也经历了不少风浪——突然冒出来的变种生物，半夜里游荡的丧尸大军，在路上放地刺的掠夺者，还有以请人出诊之名行抢劫之实的“患者”——和我眼前这个大腹便便的聚居点首领一样。

唯独 KSG 的线索彻底断在那张地图上，我和助手再也没碰到过任何和 KSG 相关的人或事。一年前我们甚至还回了一趟猎人巢穴——他们已经换了个新家，而且和之前一样藏得严严实实，没有铁锅的无线电我们肯定会被困死在废墟铸成的迷宫里——但他们也没有任何关于 KSG 的新消息。

加之我的自爆病安稳得像忘了开煤气灶的烧水壶，我开始产生种种不切实际的想法（比如我感染的是不是在传染中弱化了的自爆病，其实不会自爆之类的），追踪 KSG 的想法也逐渐淡了下来。

我慢慢开始觉得，就这么把流浪医生当下去，似乎也不错。

直到此时此刻。

说是“此时此刻”，不过，眼前这些抢劫犯其实并不值得一提。

我也是后来才知道，真正给滞涩的齿轮涂上润滑油的人，虽然在这房间之内，却并不是眼前这些杂鱼，也不是我，更不是助手。

事情还得从那天早上说起。

我和助手刚刚结束休假，把车开到预约出诊的聚居点外面，聚居点首领却派人来告诉我们，说聚居点的居民们害怕自爆病传染，让我先在外面凑合一晚。

就这么着，第二天早上，我刚把车门打开，一只半人多高的变种老鼠就从外面蹿了进来。助手被吓呆了，用手弩我又怕射到她，只能抄起手边的棒球棍硬上。跟老鼠周旋了一会儿，我抓住它扑过来的时机，用力挥下棒球棍，把它的脑袋砸开了花。

“老大，你背后还有一只！”

啥?!

助手喊得迟了。我还没反应过来，另一只来势汹汹的变种老鼠从背后把我扑倒在地。比这更糟糕的是，我整张脸都泡到了自己打出来的死老鼠脑浆里，别说睁眼，连呼吸都困难。

“老大!！”

我看不见助手现在在干什么，不过多半是慌了神动弹不得。跟她相处了三年，她是什么样的人，我已经清楚得不能再清楚了。后脖颈吹来一股热气，大概是老鼠张嘴了。再不行动，她的老大就要交代在这里了。

“老大啊啊啊——！”

这个笨蛋，光大喊大叫有什么用啊——我刚想到这里，背后突然传来了黏糊糊的爆裂声，压在背上的重量逐渐消失。我心有余悸地把头埋在死老鼠脑浆里，对着助手的方向竖起大拇指，以兹鼓励。

算她——不，算我走运。

善后工作大概花了一小时，助手负责清理事发现场，我负责清理我自己。

如果没有从助手抽屉里抢来的香皂，我身上那些老鼠血搓半个世纪也搓不掉。本来我是休假回来第一天开工，还穿了一身新衣服，结果被在我背上炸了的那只老鼠浸了个透湿，全糟蹋了，又只能拿破破烂烂的旧衣服套上。

我把自己收拾利索准备出门，却发现助手还在为她的香皂生闷气。那块香皂被我用完之后散发出一阵阵阴沟的臭味，已经没法用了。

“走啦。”

“可是香皂又少了一块。”助手坐在她自己拖得干干净净的地板上，把头扭过去不看我。

“还不是你反应太慢的后果。”

“可是现在只剩一块香皂了。”

我一把将助手拉起来，说：“不去出诊，我们就永远都只有一块香皂了！”

助手还在不情愿地嘟嘟囔囔，不过好歹被我拉了起来，拿着手弩，慢吞吞地跟着我出了门。出了门我才想起，经过变异老鼠的这一番折腾，我自己的那把手弩被忘在车厢后边的病床上了。

不过这时回去取感觉有点蠢，车厢里又弥漫着一股散不掉的死老鼠味儿——应该不会怎么样的，我就不要再折回去了吧。

我和助手刚走到大门前，立刻就被聚居点的守卫叫住了：“站住！你们干什么的？”

“我是你们头头请来的那个有自爆病的流浪医生。”

守卫脸色铁青，面朝着我后退了七八步。

我把这当成准许通行的信号，招呼助手一起进了聚居点的围墙大门。

里面只有一条不分岔的土路，一直通到一栋歪歪扭扭地写着“总统府”的三层小楼前面。“总统府”门口的守卫似乎已经知道我来了，躲在守卫室里面不出来，只敢在里面打手势让我赶紧进去。

“总统”年纪四十多岁，有点发福，穿一身洗得发白的西装，跟我谈笑风生，泰然自若，就是一直在冒汗。他先是跟我道歉，说居民胆小如鼠；又开始跟我吹嘘自己驭民有术，只比我的高明医术差那么一点；吹完了牛，又做出一副可怜兮兮的样子让我千万救救他三代单传的儿子。

我耐着性子听了一会儿，正要开口，没想到助手先忍不住了：“大叔，你废话好多啊！”

首领连忙收住话头，让我和助手到三楼单间去看看他的儿子；至于他自己，虽然十分不情愿，但是不能作陪，因为他要去给我和助手“张罗一顿丰盛的午餐”。

首领的儿子躺在床上，盖着一床厚厚的被子，只能看见脑袋，大概也就十岁左右。我坐到床边的椅子上，冲男孩摆了摆手。男孩没有说话，眼神空虚，虽然朝着我的方向，却不像在看我，倒像是在看我的后脑勺。

我用手试了一下男孩的额头，很热，但是有汗。有汗就可以排除新型传染病里的七日热了，是个好消息。眼睛也不红，不是自爆病。话说回来，自爆病患者根本就不难受，包括我自己在内，一个比一个活蹦乱跳。

“张嘴。”我放下心来，开始排除下一种可能。

男孩顺从地张开了嘴，满口牙都没什么异常，该平的牙齿都平，尖牙也没变长，舌头倒是挺长，令人印象深刻，再就是喉咙有点肿。看来也不是丧尸病。

排除了常见的新型传染病，剩下的症状怎么看都只是感冒而已。我放心地叹了一口气，让助手把冷藏箱打开。我要给这位略感风寒的总统公子来上一针复方退烧合剂。虽然箱子里也有抗病毒剂，但那是应付更凶险的疾病用的，浪费在感冒上就太不值了。

我让助手把冷藏箱打开拿药，自己掏出随身带的酒精棉球给男孩的胳膊消毒。男孩似乎不敢伸手，我只好强行把他的左手从被子里抽了出来。

男孩的这条胳膊又黑又细，几乎只剩下皮包骨头，看得我吃了一惊。发福的首领，居然有这么一个又黑又瘦、明显营养不良的儿子？

我刚要对助手说话，门突然开了。

四个黑衣人闯了进来，在门口分列左右，站成一排。还没等我和助手反应过来，聚居地首领迈着方步走进了房间。我转过身，正好看到首领举起手里的枪对准我的脑门。

“总统阁下，用枪招待我们，这顿午宴可够丰盛的。”我苦笑道。

如今的世道，不光只有枪械价值连城，可用的子弹也价格不菲。这种穷乡僻壤的“总统”打算用枪弹招呼我们，可算是下了血本。

“嘿嘿，过奖了。”首领狞笑起来，“午宴是吃不成了，我看你们还是赶紧走吧。对了，药给我留下，车里的药我亲自带人跟你们去拿。”

我在心里重重地叹了一口气。这花招虽然老掉了牙，但现在这个情况还真不好对付。

“你一颗子弹的价格就和我半瓶药差不多了，这又是何苦呢？”我故作镇静地说。

“所以说请你赶紧走嘛！”

这人还真够抠门的。

我刚想说话，首领又兴高采烈地啰嗦起来：“你要是不走我也不亏，先不算你车里的，光是这一箱药就有五六瓶吧？别说一颗子弹，两颗也值啊！”

他倒没说错。

助手一直背对着首领，趁他说得高兴，从腰间抽出手弩，对准了床上的男孩。

黑衣打手们像没看到一样纹丝不动。

助手举着手弩，发现对方毫无反应，紧张得说不出话，我只好替她说：“总统阁下，你忍心为了几瓶药让儿子送命吗？”

首领听了这话，脸不变色，连脑门上的汗都干了，唯一的反应是把枪口转向了助手：“你们请便。反正是个看着两块面包就答应帮我演戏的贱民，跟我儿子半毛钱关系也没有。”

助手慌张地看了我一眼，我对她轻轻摇了摇头。说实话，在看到那条手臂的时候，我就隐约预料到这样的展开了。

“那我现在让这个男孩自爆，这屋子里的所有人都感染自爆病，您意下如何？”

首领的眉毛跳动了一下：“当我傻吗？你不自爆，怎么传染给他？”

助手又给我使了个眼色，这次她彻底慌了，手弩已经对着男孩抖了起来。

我知道，如果我还不能扭转局势，剩下的脱身手段就只有牺牲眼前这个男孩了。只要我或者助手下得了手，就一定能从这间屋子里逃出去。

我猜首领现在还不开枪只是因为子弹太贵。如果子弹不要钱，我和助手在拒绝交出药品的那一刻就被打成筛子了。

可话又说回来，就算床上躺着的这个人真是首领的儿子，对他开枪这种事，我说不出口，助手也干不出来。

我没了主意，表情越来越难看，只能示意助手不必用手弩对着男孩了。首领手里要是更常见的弩，我还有能扭转局势的秘密武器，可谁又能想到，这么个小地方的头头手里还有枪呢。

首领满意地命令道："上。"于是四个黑衣人把刀亮了出来，缓缓朝我和助手逼近，直到把首领挡在后面，在我们面前站成了黑压压的一排。

开什么国际玩笑？我看着被身材高大的黑衣打手们挡得严严实实的枪口，不禁张口结舌。自毁长城的事情我见得多，但眼前这个分外愚蠢。

站左数第二位的黑衣人大概以为我已经放弃了吧，用那种探望想开了的绝症病人时才会有的怜悯眼光看着我——虽然我确实身患绝症，不过暂时还没到想不开的地步。

首领在黑衣人背后，用愉快的语气说道："我数到三，如果你们不把那破弩放下，今天就别想活着出去了。"

说罢，他把枪放下，还在黑衣人横排身后举起了一只胳膊，在两颗脑袋中间用手指比画了一个“一”，拖着长长的调子，装模作样地数起数来：

“一……”

我几乎要笑出声。这首领不是守财奴就是个蠢货，居然自己放弃了此时此地最大的威慑。要不是助手还在和那个孩子比赛谁抖得厉害，现在我俩已经脱困了。

我使劲踩了助手一脚，对着她狂使眼色。助手战战兢兢地转过头，看到那一排打手，还是一脸茫然加恐慌。

“二……”

我趁着首领大声数数，用气声对助手喊道：“枪没了！”

助手还是满脸呆滞，直到那个拖着长音的“二……”完全消失，她才恍然大悟一般，露出安心的表情，简直像刚上战场就突然被来路不明的天使承诺了永生的新兵蛋子一样。虽然她还是瘪着嘴，半哭不哭的，但是和刚才灰心丧气的样子相比，完全就是两个人了。

也差不多正是此时，放下心来的我看着助手的侧脸，陷入了久远的回忆之中。从带她出来到现在，大概已经三年了吧……

“你们敬酒不吃……”首领的声音在人墙后面响起，把我从回忆中勾了回来。

首领开口的同时，助手猛地转过身，举起手弩，看也不看就扣动了扳机。嗤的一声轻响，我特制的弩箭射进了那个用怜悯眼神看我的黑衣人的膝盖里。

然后，被射中的黑衣人皱着眉头，伸手把弩箭拔了下来。看来箭伤不深，对黑衣人来说也就是个皮外伤的程度。

站在他身后的首领哈哈大笑，其余三个黑衣人也识趣地傻笑起来。中箭的黑衣人跟着干笑了几声，不过笑声里凶狠的成分居多，和其余几位的开怀大笑略有区别。

我用职业性的悲天悯人目光看了一眼这位黑衣人，然后学着首领刚才那副装腔作势的鬼样子，把手举起来，一边拖着长音，一边替首领比画出最后的数字。

“三。”

我话音未落，中箭的黑衣人突然蹲下身去，抱住了自己的膝盖，随后，一阵爆裂声响起，黑衣人整个人被炸得粉碎。

我回头瞥了一眼，床上的男孩子也在看我。不知是不是眼神交汇的缘故，他一下子扭头看向了天花板。

我这才想起来，演戏归演戏，这个孩子的高烧可不是假的，退烧针还没打呢，可惜我没那个时间了。我拉着助手就往门口跑。门口那几个人全都呆住了，一动不动，看起来反射弧比助手还长。首领手里的枪被我一把抢走，他也毫无反应，一直背对着房门。

我想，除了亲眼看见这过于震撼的一幕、受到了精神冲击之外，这些人大概也开始担心自己有没有感染自爆病了吧。

直到我和助手跑到了一楼门厅，头顶才传来气急败坏的一声“给我追！”

整个逃跑过程中，楼道里一个人都没有。我还在庆幸运气不错，到了大门口才发现，门卫室门户大开，空无一人，大门倒是锁得死死的。看来这位“总统阁下”也不是一点脑子都没有。

我举起手里的枪打算对着门锁来一发，却被硬邦邦的实心扳机硌得食指生疼——仔细一看，这根本就不是真枪！害我白紧张那么久。

怪不得那个浑蛋老老实实地躲到了肉盾后面。我要是早知道这玩意儿就是个铁疙瘩，肯定二话不说，直接让助手结果了他。

凌乱的脚步声越来越近。助手已经将手弩装填完毕，我拉着她躲进了门卫室。

脚步声停在了楼梯拐角处，听声音，这几个人谁也不敢露头。首领猫在实心的楼梯扶手后面，冲着空气连珠炮似的怒骂：“敢让我得自爆病，你活腻了！你根本出不去！楼里全是我的人，你赶紧给我投降！听见没有！你出来！你给我滚出来啊你！！！”首领扯着嗓子，骂到动情处，甚至喊破了音，还带上了点哭腔。

虽然有点好笑，但情况仍旧不容乐观。我们现在唯一可以倚靠的就是这把手弩。问题是，虽然手弩威力够大，但就算百发百中，一发最多也只能解决一个人，再装填时间又长得要命。

更致命的是，靠爆炸唬人的把戏对一群人只能用一次。既然这几个家伙已经认定自己得了自爆病，剩下的弩箭只要没射在他们身上，别人再怎么爆炸，那都是虱子多了不痒债多了不愁。更别说这几位一旦冷静下来，就会发现自己的眼睛黑白分明，完全没有感染的迹象。

助手指向门卫室的玻璃窗，我摇了摇头。刚才要是能一溜烟跑出去倒还好说，现在“总统府”大门紧锁，外面也是他的聚居点，很难说是不是早有布置。要是没法用下一发弩箭要了首领的命，我俩就危险了。剩下的人就算没有远程武器，也不可能给我们任何装填时间。现在和三年前那场战斗不一样，当时我们占尽了地利，而现在地利显然在对方手里。

我正在冥思苦想对策，大吵大闹的楼梯那边一下子没了动静。这突如其来的寂静让我的心提到了嗓子眼儿。难道刚才都是那个首领在装疯卖傻？

助手倒是放心大胆地把头探了出去，不过从门卫室这边根本就看不到实心的楼梯扶手后面发生了什么。果然，回过头来的助手又是一脸标志性的茫然，示意自己什么都没看到。

我俩对视了几秒钟，楼梯间突然传来了一声哑着嗓子的惨叫，是首领的声音。助手的表情更迷茫了，我也皱起了眉头。

我俩心知肚明，虽然射出去的弩箭确实都被我“加了料”——加进了经过特殊处理的我的血液——但弩箭里根本就没存多少血，而且爆炸之后更加稀薄，根本达不到感染所需的浓度，要不然今天早上，助手也不会用同样的弩箭解决那只老鼠。

换句话说，除了左脚绊右脚把自己摔死，首领没有任何理由在现在这个时间点发出惨叫，除非他们闹起了内讧，比如剩下三个黑衣人觉得身染绝症前途无望，愤而倒戈……

我摇了摇头，看着也不像，内讧总要吵架的吧。更何况那三个黑衣人精神上都受了不小的刺激，怎么想也不会在这么短的时间里下定决心，悄无声息地把首领干掉。

又是一声惨叫。虽然还是从楼梯间那里传来，但这次不是首领，是个声音更低沉的男性。恐怕是黑衣人中的一位。瞬时间，四声惨叫出自四个不同的人之口，干净利落。

然后，彻底的寂静从头顶压下来，压得我动弹不得，只能听见自己令人烦躁的心跳声。

助手又开始颤抖。我轻轻拍她的背，想让她镇定下来，但是没什么效果。因为我自己也怕，怕门外那个无声无息就能让人惨叫的未知。

但光是在原地发抖解决不了任何问题。我从助手手里拿过手弩，拽着她躲到了门后。虽然助手的战斗经验比我丰富，但现在这种情况下，指望她无异于撑着一把大号雨伞从楼顶往下跳。

寂静、死寂。直到我听见脚边滑腻的蠕动声。

那是一只触手。紫红色的，沾满黏液的触手，蠕动着、蠕动着，绕着门板，一直伸到了我脚下。

我反射性地把手弩对准触手，但没有扣动扳机。这一发要是打偏了，我和助手恐怕也要步首领一行人的后尘。退一步说，就算打中了，难保没有第二条、第三条触手来和我打招呼。

我目不转睛地盯着触手，触手仿佛也能看见我一样，用尖端对准了我的眉心。我和触手互“瞪”了对方几秒，触手突然以目光捕捉不到的速度伸长，缠上了我拿着手弩的手，紧接着又在我能够做出任何动作之前悄无声息地缩回了原处，示威似的对着我。

我干笑一声，没心思管手腕上的黏液，把手弩塞给助手，举起双手，从门后走了出来。助手虽然抖得像筛糠，但还是勉强把手弩塞回了腰间，像背后灵一样跟着我飘出了门卫室。

外面站着的，是刚才那个不起眼、皮包骨头、被我诊断为感冒的男孩。他站在楼梯前，面无表情地瞪着我和助手。

触手正从他背后张牙舞爪地生长出来，很快，除了我和助手站立的位置，门厅的地砖已经完全看不见了。接着，一部分触手朝着两侧的走廊延伸过去，更多的触手则爬上了楼梯，朝着楼上蔓延。目之所及，尽是紫红色的、蠕动着的触手。

我觉得口干舌燥，看着眼前的情景，想说点什么，但一点声音也发不出来。助手倒是不抖了，只是脸色苍白，盯着自己脚下那一点点还裸露在外的地砖看个没完。

我握紧拳头，使尽了浑身的力气，终于发出了声音。是短短的一句话，而且是彻底状况外的一句话："原来……不是感冒啊。"

几秒钟后。

我和助手突然神经质地狂笑起来，笑到眼泪直流，笑到直不起腰，笑到一屁股坐在触手上都浑然不觉，好像听了一个从冰河时代流传下来、不笑就会冷到冻死人的冷笑话一样。

除了笑还是笑，面如死灰地笑，笑到抽搐，笑到窒息，笑到咯血也要拼命笑，笑到在满地触手中打滚，笑到用拳头捶墙把手捶烂，笑到抓起触手用力勒住自己的脖子，还是止不住地笑、笑、笑，笑到这阵狂笑掩盖住了三层小楼里此起彼伏的惨叫声。

哈哈，哈哈哈哈哈哈，哈哈哈哈哈哈哈哈，我们什么都没听见。是的，什么都没听见。你问我为什么？不好意思，我那时一直在笑，笑得太厉害了，笑得停不下来。什么，你说能不能不笑？不笑、不笑，不笑?！不笑就会有无数声惨叫钻进耳朵、钻进脑子、钻进——

一切声音戛然而止。

我和助手浑身冷汗，像是刚从噩梦里醒来一样睁开双眼，却又身陷另一场噩梦之中。而那个男孩还是一动不动，空虚地瞪着躺在触手堆里的我和助手，只有他身后的触手还在不断朝着我看不见的地方延伸。

我勉强定了定神，把眼睛一闭，横下心来等死。这次的误诊可太厉害了，这一堆触手不知道是变异生物还是新型传染病，总之已经给足了我和助手面子，还特地把我们留到最后再处理。这可比突然在房车里莫名其妙地自爆有趣多了。

想到这里，又一阵笑意涌了上来，不过我已经一点力气都没有了，只能稍微抬抬嘴角。

“笑……够了？”

我本能地睁开眼睛，却只能看到爬满触手的天花板，有种分不清上下左右的感觉。

说实话，只要习惯了，躺在触手上也挺舒服的。不过触手不让我接着躺了，它们纠缠成了一把椅子的形状，硬生生地把我的上半身顶了起来。旁边的助手似乎也是同等待遇。

我俩惶恐地交换了一下眼神。在彻底的绝望里死去还算是幸福，要是像现在这样，看见一点点希望之后立刻死掉，那就太残忍了。

“看来是……笑够了。”

这时我终于有余力分辨，声音正是从这个男孩口中传来的，虽然是童音，但是又干又平，毫无生气，只能让人觉得诡异——大概现在控制这具躯体的已经不是本人了吧。只不过，都到了这个地步，我也感觉不出什么多余的诡异了。

“很不幸，这具躯体里的……生命，已经濒临……枯竭。”

不出所料。

“你们俩……特殊待遇……原本是……没有的。”

哦。

“但是你们，不能杀死。”

可喜可贺，可喜可贺。

“复述。你们，不能杀死。”

可喜可……?!

“你们……杀死……现状……不允许。”

直到现在，我才意识到自己走了多大的狗屎运。

“杀死……不允许，寄生……允许。”

虽然我也知道自己的狗屎运是有极限的，但还是有气无力地试图举手表示抗议。这么大量的触手，即使寄生到大象身上，恐怕也会在几分钟之内把大象吸成大象干。

“复述。你们……杀掉……不允许。一切手段……禁止。”

看来这爬满了三层楼的触手怪还能知道我在想什么。够方便的，正好我喉咙生疼，一句话也不想说。

“选择权……你们……没有。”

杀掉也好，寄生也罢，你到底是谁，你到底是什么？

“知情权……暂时……你们……没有……也。”

语序越来越乱了，是我的错觉吗？

“不细节……要……在意，现在……寄生……过……开……始……即……程……将……”

眼前的世界开始扭曲，死气沉沉的说话声也多了些怪异的起伏感。

我好困。头好晕，好想睡觉。

睡着了肯定就……不会……晕了，肯定会变得舒……服……

……

恍惚之中，我只能朦朦胧胧地看到，无数触手从四面八方蠕动过来，形成了巨大的旋涡，把我包在里面，像一个硕大无比的茧。

而下一秒钟，我在触手织成的巨茧里失去了意识。

我和助手心事重重地躺在房车里，望着头顶的风扇发呆。

驾驶座旁边传来报时声：“现在是，13 时 30 分。”

我手表的指针停在 10 点 30 分。

如果那场噩梦是真的，10 点 30 分大概就是我们被茧包裹、彻底失去意识的时间点。而我们醒来时，太阳正好在头顶，那就应该是 12 点左右。那时我和助手两个人衣衫不整，先后在干干净净的“总统府”门厅里醒来。助手头疼欲裂，我倒没有特别难受，只是喉咙还痛得厉害。之前满地蠕动的触手像是从来没存在过一样，一丝痕迹也没有。

但如果那场噩梦不是真的，“总统府”里面就不应该在正午12点空无一人。我和助手在醒来后把楼上楼下三层跑了个遍，连一个人影都没看到。而且，我的冷藏箱还在三楼房间的桌子上敞开着，里面的药都被太阳晒热了。

虽然是题外话，口服的药片没什么关系，注射剂就只能扔了，这损失可不小。

我和助手还特意到一楼的楼梯拐角那里仔仔细细地搜查了一圈，什么都没有。活人也好尸体也好，衣服也好血迹也好，首领也好打手也好，谁都不在，什么都没有，安静得像被拔了插头的冰箱，倒好像我们两个大活人不该在这里东张西望，打破这亘古不变的寂静似的。

楼里静得令人心里发毛。我和助手被逐渐斜射进来的阳光照得浑身发冷。最后，我拎着冷藏箱回到门厅，推了推“总统府”的大门，没锁，门轻而易举地开了。我和助手像逃命一样冲进了门外炽烈的阳光里。

然而没用，还是冷。整个聚居点连一点活人的气息都没有。越是没人就越冷，越冷就越觉得四周安静得吓人，越静就越觉得冷气一直窜到骨髓里。

我和助手一边提心吊胆地沿着土路往外走，一边左顾右盼，既想看见人，又怕看见人。唯一的好征兆是助手又有点轻微的颤抖。我也是直到今天上午才知道，她慌到不能再慌的时候就不抖了。

进来时没什么感觉，出去时我只觉得这条不起眼的土路长得让人虚脱，那个破破烂烂的聚居点大门明明就在眼前，但是怎么走也走不到，怎么走也走不到。直到出了聚居点大门，一路上，我们还是一个人也没有遇见。

刚一踏上聚居点之外的土地，我就拉着助手，头也不回地冲进了散发着死老鼠味儿的房车。

“你饿吗？”我试图打破房车里的沉默。

助手目光呆滞地摇了摇头。其实我也不饿。

“可惜，最后也没吃到什么丰盛的午餐。”我试图开个玩笑，但话一出口就后悔了。

助手表情复杂地看了我一眼，抱着车里的垃圾桶干呕起来。

“反正没缺胳膊没少腿，今天的事就当做一场噩梦，从来没发生过吧。”我故作达观地对还在干呕的助手说道。

助手抓住两次干呕之间的空当，对我点了点头。

想起上午那样的光景，我突然也有点恶心。

车里只有一个垃圾桶，已经被助手占用了，我只能到外面的荒地上解决。不过，我一出车门，助手的吐意似乎也消退得七七八八，于是跟着我出了房车。

即使在车里吹了半个小时的风扇，我还是得说，外面热得让人心生感动，和聚居点围墙里面完全就是两个世界。

我弯下腰来，恶心感越来越强，越来越想作呕，但不知怎么回事，就是没法完成这个动作，仿佛喉咙被什么看不见的东西堵住了，而喉咙下面不知道是气体还是液体的东西却不断涌出来，越聚越多，我只觉得自己的身体在不停地膨胀——难道说——

“快跑，我可能要爆了！”我用尽力气冲着助手大喊。

助手还是用招牌式的一脸茫然看着我。这小姑娘真能把人气死。想到这个气字，我顿时感到自己又膨胀了几分。

今天简直诸事不宜，我就不应该在这种凶日结束休假重新开业——晚一天上班又不会死！现在可谓是祸不单行了——想到这里，身体似乎已经膨胀到了极限，然而里面的东西还在不停地涌出来，我大概马上就要自爆了。

我绝望地看着助手，她还是没反应，难道我胀到这个地步，她一点都看不出来吗？还是说根本不在乎啊？为什么反而一脸关心地凑过来了啊?！跑啊!!!

然而我已经喊不出声音来了。

说实话，我挺喜欢这个傻乎乎的小姑娘的，要是来世还能碰面的话，我真想——

正在我构思遗言的这一刻，助手的刘海里窜出一条带尖的触手，戳破了我的手心——那些马上就要把我撑爆的什么东西瞬间将伤口作为突破口喷了出去——然后又飞快地缩回助手的头发里。

助手满脸的关心都僵在脸上，没注意自己的头发，反而直勾勾地盯着我的右手看。

我顺着她的视线看过去，发现自己的右臂不由自主地抬了起来，而被戳了一下的手心，正在以惊雷怒涛之势往外喷射粉红色的血雾，射程还挺远，以至于我不得不用左手按着动弹不得、直挺挺、鲜血从末端狂飙出去的右臂，免得血雾溅到助手那边。

然后，我俩就只好目瞪口呆地观赏我的手掌心，上面好像开了个势大力沉还关不掉的淋浴喷头。

右手没完没了地喷了好几分钟，直到地上积出了一个血池，喷射才渐渐停了。随着最后一点由于压力不足只能滴到地上的血也流干净，我的右臂终于软软地垂了下来。

此时我脑海中最先闪过的想法是：失了这么多血，我怎么还没死？

随后我才意识到，刚才那阵濒临爆炸的膨胀感已经消失得无影无踪。看了一眼右手手心，只有一个针孔大小的红点提醒我，刚才的喷射不是幻觉。我瘫倒在地上，助手赶忙搀着我的左手把我扶到车边坐了下来。

我有气无力地问她："我刚才膨胀成那个样子，肯定是要自爆了，你怎么不跑？"

和我预料的差不多，助手一脸迷惑地对我说："没啊，你没膨胀，就是脸色不太好，然后就突然开始喷——"说到这里，她没绷住，笑出了声。

我也跟着苦笑。没想到我俩在上午那场狂笑之后还能好好笑出来。

等助手笑完了，我又问她："那你看到触手了吗，从你头发里钻出来的那个？”

她低头思考了一会儿，郑重其事地对我说：“我忘了。”

助手身上散发出来的迟钝光环实在太过刺眼，我不得不抬头看天，嗯，挺蓝的。

在我把自爆病即将发作的感受记录在笔记本上之后，我和助手花了一个下午的时间，想尽了办法，试图把她身体上任何一个我俩能想到的部位变成触手。

结果，一直折腾到黄昏，我俩唯一取得的成果，就是我差点把助手的肩膀弄脱臼；作为回礼，我的胳膊上多了好儿块拧出来的瘀青。可是甭管怎么折腾，触手再也没出现过。

晚饭时分，我和助手终于恢复了食欲，坐在渐渐变得凉爽，而且没有死老鼠味儿的车外，吃了点蘸水的压缩饼干。食品储藏箱的盖子开着，我俩谁也没注意。大概是早上吃完东西忘记关上了吧。

即便填饱了肚子，一旦安静下来，我还是没法控制自己把目光从远处的聚居点上挪开。那里看起来和我们早上进去时没有任何区别，仿佛今天上午我们只不过是例行公事，去给一个感冒的小孩子打了剂退烧针。

聚居点那边似乎有什么东西在动，但是太远了，只能看见一个小黑点。我揉了揉眼睛，只见黑点越来越大，越来越大，直到我眯着眼认出，黑点不是别的，正是上午的那个男孩。

他似乎不是在走路，好像脚底下装了轮子一样，两腿弯都不弯，平移到了我和助手的附近。这时我才注意到，触手正在他的赤脚和地面之间蠕动，维持他身体的移动和平衡。

我扭头看助手，她正张大了嘴用手指着男孩，显然刚刚发现他。这你也能慢半拍啊！我在心里无力地吐槽。

男孩停在我俩身前大概五步的距离，开始说话。还是上午那种死气沉沉的语调和诡异的语序，不过没了卡带一样的停顿："原初宿主机能濒临停止，宿主切换实施。另，救治原初宿主恳请。"说完，又是几只触手从他背后伸了出来。

我已经见怪不怪了。反正在这种正体不明的异常生物面前，我总归是一点异议的余地也没有，只能叹口气，配合地端坐原地不动。

结果触手并没有到我这儿来，反而全朝着助手那边伸了过去。助手还没来得及把张开的嘴闭上，就被几根触手拧成的一束硬生生插进了胸口。

我怒吼道："你干什么——"

我刚要起身，就被另一只专门用来镇压我的触手按住了头顶，不知是力道太大还是别的原因，我根本站不起来。我转而用手拉头顶的触手，却使不上力，实在太滑了。

"并非伤害行为，无意义的抵抗请停止。将导致额外的能量消耗。"

我在这边徒劳地反抗，助手却一动不动地坐在地上，脸上慢慢失去了表情。

看不出有什么痛苦的迹象，她只是像睡着了一样闭上了眼睛，嘴仍然张着，和平常的睡颜一样。她的胸口没有血，连衣服都没破，只有那一束触手在不停膨胀和收缩。

“所以她……只是睡着了，没受伤？”我半信半疑地问道。

“然。”

“‘然’是肯定的意思？”

“然。”

“……”

察觉到我没了抵抗的意思，按住我头顶的触手缩了回去。此时助手居然发出了鼾声。我开始后悔刚才的激烈反应，越听这鼾声越觉得自己刚才像个傻瓜。

我一边观察助手一边问道：“我俩都被寄生了吧？为什么非得选她，不用我当宿主？触手怪也喜欢女孩子？”

“稍早前寄生失败，未被寄生者不能成为宿主。另，幽默感评定为较差，今后插科打诨减少希望。”

居然被一坨触手吐槽没有幽默感，我的自尊心受到了擦伤程度的打击，只好用刨根问底来掩盖：“我怎么就寄生失败了？”

“一、于寄生过程中判定，活性因素大量存在于内部。二、于寄生过程中判定，寄生于觉醒因子的后果不可预知，其余备选项存在的情况下，不予考虑。”

我有点蒙，问：“活性因素是什么，自爆病？然后，那个什么觉醒因子，说的是我？”

“然。”

我大概明白了，开始推理事发过程：“所以说，那个黑衣人爆炸时，空气中微量的自爆病病人的血让你觉醒了对不对？觉醒之后甭管是你暴走了还是你遵循了这个男孩的意志，反正是把那个聚居点里的人都给杀掉了，只留下了我们两个准备寄生的备胎；最后，你又是杀人，又是寄生，消耗太大，差点把这个男孩子抽干，所以不得不找助手来当宿主，还把救人命的任务抛给了我？”

声音迟疑了几秒钟：“事实基本无误。动机不予回答。”

我得意起来，看来触手怪也不是毫无弱点，多少还有需要遮遮掩掩的部分，而且不怎么会说谎。

说话间，转移的过程已经快完成了。触手纷纷从男孩身上脱离，慢慢收进助手的身体里。

我问道：“以后恐怕要经常打交道，我叫你什么好？你有名字吗？”

“你随便。”

我的自尊心再次受伤，这次的伤口大概需要缝个三两针。作为报复，我临时决定叫这坨触手怪“助手二号”。反正“助手”和“触手”听起来也差不多。

这时我才想起忘了问一件至关重要的事：“喂，助手成了宿主，不会也变得跟这个男孩子一样吧？”

然而，助手二号（暂定）没有回答我，所有的触手都已经收进了助手的胸口，消失在了里面。

我紧张地盯着助手的脸看。就算生命没有危险，要是助手以后也像那个男孩子一样，从此只能用半死不活的语调说些故弄玄虚的话，失去了自己的人格……

助手缓缓睁开了眼睛，茫然的眼神转了半天，好一会儿才聚焦在我身上。

我在心里疯狂默念：发呆是好兆头，发呆是好兆头，发呆是好兆头！

“老……老大？”

对对对！

“发生什么了……我好困哦……”

我欢呼一声，紧紧抱住了助手。寄生也好，宿主也好，那种莫名其妙的东西爱怎样就怎样，我的助手还是她自己，这就够了。

我好不容易冷静下来，把事情的来龙去脉大致给助手说了一遍。她虽然还是一脸蒙，不过最重要的“自己不仅不会死，还成了触手怪的宿主”这一点终于是理解了。得知这个冲击性的事实以后，她倒没什么情绪波动，反而发挥起在细枝末节上纠结个没完的特长，埋怨“助手二号”这个名字太难听，非让我换一个不可。

天马上就要黑了。助手被我好说歹说才意识到，应该先把躺在地上的男孩抬到车里，再商量给触手怪起名的事。这里的昼夜温差惊人，我和助手就算把手头所有的衣服都穿上，夜里也就勉强在外面站一刻钟，更别说这男孩了，他只穿着一套根本不合身的加大号夏季睡衣。

不过回到车里之后，她担心起男孩的病情来，又把改名的事抛到脑后了。

“老大，他没事吧？”助手在我做完了初步的检查后担心地问。

“不发烧了，喉咙也不肿了。现在最重要的问题是脱水和营养不良，得赶紧补液。”

听了我的话，助手从某个我没注意过的抽屉里掏出一瓶苹果味汽水……

等下，我怎么突然想起来，自从和助手同行以来，我就再也没喝到过苹果味的汽水了啊！虽然很想这么吐槽，我还是对她摇了摇头，让她先去冰箱里拿瓶生理盐水。先不说怎么给昏迷的人喂饮料，靠消化道补水实在太慢了。

助手打开冰箱看了一眼，喊道：“找不到生理盐水！”

我也用差不多的音量喊：“跟你说了多少次，生理盐水就是LHN979注射液！”

“没有生理盐水，也没有LHN979注射液！这个什么……GS876行不行？”

“可以，都差不多！PTT66还有吗？”

“没了！”

“ASC800呢？”

“也没有！”

“今天是我开业第一天，怎么可能？冰箱里还剩什么？”

“除了GS876和两瓶K什么598以外，什么药都没……欸？”

助手没了声音，转过头来，歪着脑袋看我。我倒吸了一口凉气，重重地拍了下桌子。

昨天出门之前我把冰箱塞得满满的，现在几乎空了，准是上午那个首领把我骗进去之后派人干的好事。我出门时把房车的车门锁上了，回来时却是开着的，食物储藏箱也开着，只不过当时我和助手惊魂未定，根本注意不到这些。

万幸他们的注意力都放在满冰箱的药品上。要是他们把食物也偷光，我就彻底完蛋了。至于他们为什么不多跑几趟把东西搬空……大概是运赃物回去的时候被助手二号抹杀了吧。

我一边在心里骂娘一边冲助手嚷嚷："你看看旁边的柜子，输液管和针头总有吧？"

"有！"

我松了一口气。如果连这些都没有，这男孩就真的危在旦夕了。

想到"危在旦夕"这个词，我突然又记起件事来——

如果我不能在后天中午以前搞到药，并且赶到下一个约好的出诊地点，那危在旦夕的人就是我了。

这可不是开玩笑。连助手都知道我们日程表上的下一位委托人是位惹不起的大人物，在那个人的眼皮子底下，她永远装出一副乖模样，从来不闹别扭。

话又说回来，就算没这个预约，我也不能不去拿药。毕竟我现在连 PTT66 都没有，傻等着男孩醒过来之后吃东西并不保险。万一他要睡两三天，手头一点药也没有的我还是救不了他，总不能静脉滴注苹果味汽水吧。

我思考了一下，这边离下一个出诊地倒不远，当务之急还是药品的补充。而我补充药品的地方远得可怕，从这里开车到那边完全可以称得上是长途旅行。

我透过车窗玻璃瞄了一眼一点光也没有的聚居地，盘算着要不要去里面找我的药。想了一下，果然还是不行：第一，不知道要花多少时间才能找到他们藏药的地点；第二，如果他们是在运药的半路上被抹杀的，那就更不用去找了。那些瓶瓶罐罐肯定碎了一地，没碎的软包装被阳光直射了一整个白天，我也不敢用了。

输了液的男孩没有什么明显的反应。我略微放下了心，叼着助手给我递过来的自制咖啡冰棍，坐到了驾驶位上。这帮强盗倒是目标明确，冰箱里冻着的食品都一概不碰。

“走，咱们去拿药。”我发动房车，看了一眼时钟，22 点 50 分。

“老大，你别开夜车吧。我还想睡觉呢，车一颠簸起来我就没法睡了。”助手冲我抱怨。

我同情地看了她一眼道：“没办法，你总不想被乔先生喂狗吧。”

听到了“乔先生”这几个字的助手以无条件反射的速度打了个寒战，乖乖坐到了副驾驶位上。这人的威慑力就是这么大。

我把车开上了大灾变之前就建好的高速公路，虽然比灾变后的路绕道不少，但路况要好太多。

助手坐在副驾驶位上，生无可恋地看着窗外急速倒退的一片漆黑，隔几秒钟就打一个哈欠，打几个哈欠就要擤鼻涕，擤完鼻涕就把头换个位置，然后接着打哈欠。

她晕车，而且一晕车就睡不着，这我是知道的（今晚车里还多了死老鼠味儿，对助手而言是雪上加霜）。解决方法也很简单，只要打开车窗让她吹吹冷风就能缓解——但现在绝对不行。

夜里是丧尸病患者满世界游荡的时间，而且他们的嗅觉比视觉和听觉好得多。如果说车灯吸引到他们的概率相当于中五百万彩票，夜里开车窗就跟赢一次石头剪刀布差不多。

丧尸病和自爆病一样属于“新型传染病”，这就意味着它没有学名，病原体未知，机制不明确，没有对症药物，唯一可以确定的是症状表现，因为实在太典型。

丧尸病患者就和大灾变爆发前电影里的僵尸没什么两样：成群结队、智力极低、力量极大，什么都吃，但最喜欢咬人，没有大活人就会互相啃，被咬到的健康人十有八九会被传染——简直让人怀疑这种病是不是某个狂热的僵尸电影粉丝制造出来自我满足的产物。而丧尸病患者与那些老电影里的幻想产物只有两点不同：他们跑得很快，而且死得也快。

丧尸只要跑起来就一定是毫无保留地全速冲刺，而且能跑出每小时几十公里的速度，最多能一口气冲上十几分钟。当然，如果哪位患者真这么跑完全程，最后的结局一定是衰竭而死。

不知这算是幸运还是不幸，他们就算不这么跑也活不了多久。有一次我就碰上一位丧尸病患者，被家人用铁链锁在地下室里，要接近她必须先麻醉。这位患者一直被好吃好喝地供着，而且精力极其旺盛，每天都跟铁链搏斗数个小时，直到生命的最后一天都没放弃。这么一位生命力旺盛的女士，从被咬到不幸去世，中间也就两个星期不到。

野外的丧尸病患们不仅要觅食，找不到食物还要被病友吃，最可气的是，病人吃病人的肉不能消化，如果不吃别的东西一样会饿死，吃太多病友的肉竟然还会被撑死。

然而，即便如此，在野外游荡的丧尸病患者仍然不见减少，反而有增加的趋势。这是近来困扰我的一个不解之谜。

我看着助手那副难受的样子，咬了咬牙，把车里的空调从暖风调到了换气模式。空调的进气和排气都有过滤装置，仅仅是开个换气，增加的危险性也就是在轮盘赌里再加一颗子弹的程度。再说，就算真有丧尸，我也有办法对付他们。对我而言，丧尸袭击除了浪费时间之外，并不算致命的问题。

助手发觉空调开始吹冷风，感激地看了我一眼，然后接着打哈欠去了。毕竟外面冷得要命，冷风是没法一直开的，对缓解晕车来说也就是杯水车薪而已。

我俩运气不错。路上并没有遇见成群结队的丧尸大军，只有两次，我们被落单的丧尸闻到了气味，一个被我一脚油门甩到了身后，另一个虽然从正面扑过来，却被车顶弹出去的腐肉块吸引了注意力，到路边开饭去了。那个小装置对付零星几个的丧尸相当好用，唯一要注意的是腐肉在装置启动之前必须密封好，否则还没引来丧尸就先把人臭死了。

太阳渐渐从地平线上升起。

眼泪鼻涕糊了满脸的助手不等我允许，就恶狠狠地把车窗摇了下去，摇完还瞪了我一眼。没过几分钟，均匀的鼾声就响了起来。

我听着鼾声，强忍着困意开了两个半小时，终于也撑不住了。我把车停到路边，摇醒助手，告诉她一个小时之后喊我，到时候再换她睡。没等她抱怨，我就一头趴在方向盘上睡了过去。

我是被报时声吵醒的。睁开眼一看，太阳已经高高挂在半空。这下坏了——我还没说出口，助手就自豪地告诉我，我们到了。

这句话吓得我睡意全无。不仅如此，我马上就惊恐地发现，自己躺在副驾驶位上，而且我们确实到了。

我连口水也来不及擦就问她："你自己开过来的？"

助手骄傲地点了点头。

"可你也不会开车呀！"

"肯定是天天看你开车，就学会了呀！"

"扯淡，我好几次想教你开车，哪次你不是跑到后面玩去了！"

"可我就是会了呀！"

"你前天还跟我说开车好麻烦这辈子都不要学呢！"

"我学会了开车，我替你开过来的，你还要跟我吵！"

我知道，再这么斗嘴，助手就真要生气了，现在还是暂时休战为好。不管怎么说，我们的的确确安全抵达了目的地，而且一点时间都没耽误。就算换我来开，也不敢保证能在12点之前开到这里——虽然这么一想就更觉得后怕了，助手到底开得有多快啊。

擦干净了口水，我突然开始怀疑，她一夜之间学会开车是不是助手二号（暂定）搞的鬼。不过现在想那么多也没用，吃饱之后赶紧去拿药最要紧。

我转移话题："开了这么长时间，你饿了吧？"

助手不满地看了我一眼，把头扭到一边，哼了一声。不过，几秒钟后，她还是老老实实地对着车窗说道："饿了。"

我为了赔罪，亲自去储藏箱拿了两包压缩饼干，一包椰蓉味的，一包可可味的，我把可可味的那包递给了她。

"哎?！可可味的压缩饼干！不是吃光了吗？"助手满眼放光，好像刚才闹的别扭都是装的一样。

面对着这么灿烂的表情，我只能躲着她的视线扯谎："压在下面了，之前没注意。"

助手一边拆包装一边哼着自创的可可味压缩饼干之歌。

我咬了一口手里的椰蓉味，有点噎，于是抓起手边的瓶子喝了一口——苹果味的汽水味道也不差嘛。

至于助手正满脸杀意地对着我蓄力，那就是把这口饼干吞下肚之后才需要考虑的事了。

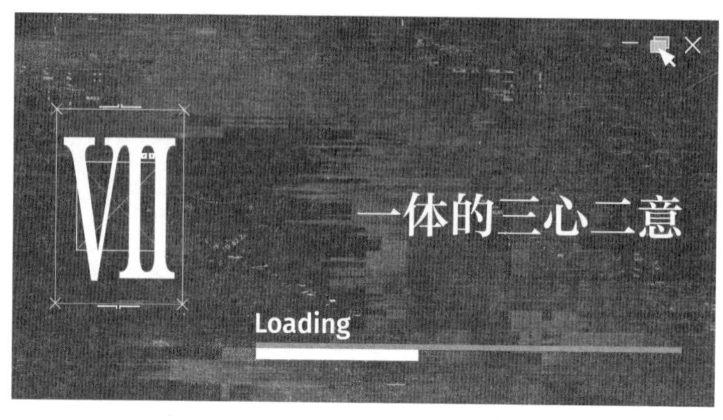

“哎呀，”助手一边找酒精棉球一边说，“我忘了拔针了。”

我看着她给男孩拔针，莫名想起一本关于医疗史的旧书。书上说，原始的输液管没有自动控流结构，输液一结束就得必须马上拔针，否则患者的血会倒流到管子里。如果血液在里面凝固或者空气进入血流，那可是会出人命的……幸亏我们没身处那个年代——虽然从其他方面来说，现在的世界似乎更糟糕一点。

拔了针之后，男孩还是没醒。助手不知道又从哪里变出来一瓶苹果味的汽水放在他床边，特意威胁我道，就算男孩明年再醒，也不许动这瓶饮料。

我回到驾驶位，把车开下高速公路后又开了一小段，停在一所废弃的塑料厂背后。

助手抢在我前面下了车，背着双肩包，站在小腿那么高的草里晒太阳、伸懒腰。她身边放着四个装着可折叠支架和塑料板的袋子，那是装药用的。

这一夜我们开车开了将近一千公里，直线距离也有七八百公里，现在所处的气候区比之前的要温和一些。我也不想跑这么远，但现在唯一能让我大量补充药品的地点只有这里。

塑料厂并不大，我和助手穿过荒草和满地的塑料废渣，来到一栋没有房顶的建筑物前，脏兮兮的门牌上写着“第二职工宿舍”。我们得套上氧气面罩，从这栋楼的地下穿过去。

一路无事，连变种老鼠都没几只，全数死在助手的手弩之下。助手只要不慌，在战斗上还是挺可靠的。

爬完一段楼梯，我和助手算是正式到达了真正的目的地——KSG 公司一座附属医院的地下冷库。地上的医院部分已经彻底倒塌，成了一座垃圾山，连通地上和地下的楼梯也被建筑垃圾堵得死死的。

穿戴上一路背过来的羽绒服和防寒手套，我们合力拧开气密门，一股冷气从里面直喷出来。

这座冷库里面的药品种类齐全，数量惊人，而且不乏大灾变前后 KSG 公司研发的新药，连根本没有大规模生产过的试验品也有不少。

我像蚂蚁搬家一样，来了这儿不知多少趟，但药品存量至少还剩四分之三。只要别被人发现，我靠着这个冷库再过上七八年完全不成问题。

或者不如说，我之所以能在没有聚居点愿意收留的情况下潇洒地当个流浪医生，全归功于这个药品仓库——当然，还有那位把药品仓库坐标告诉我的人。刚感染自爆病的那段日子里，我可是骑着辆破摩托车满世界转悠，跟拉帮结派的拾荒人们抢饭碗的。

我和助手分头去冷库的各处检查上次留下的标记和暗号，确认没人来过，紧接着就开始往每人两个的巨大手提袋里装东西，像两个大灾变前去超市采购的家庭主妇。

助手负责需求量大的东西，比如我教过她无数遍的生理盐水；我则到处转悠，一边思考最近什么病人多，一边从架子上挑选药。

我的分工听起来比较清闲，其实比助手要累得多。她只要找到对的箱子，把里面的瓶瓶罐罐全都转移到包里就行；我每样东西都拿不了多少，上上下下要搬的箱子可就多了。

我正扶着腰喘气，助手穿过密密麻麻的架子走了过来，应该是已经把自己的活儿干完了。我拍了拍她的肩膀，让她帮我把地上的箱子放回原处。

有了助手帮忙，我“扫货”的进程快了不少，已经装满了一个袋子，被助手搬到了气密门边；手里的这个也基本上装满了。

我正在思考要不要去试验品区拿点东西，胃却突然有点不舒服。

紧接着，比昨天下午更加剧烈的膨胀感在腹部扩散开来，简直像是有人在我肚子上开了个孔，把鼓风机的管子塞了进去一样。是自爆病发作的感觉。

我一下子没了力气，袋子脱手落在地上，把助手吓了一跳。

我捂着肚子蹲了下去，连“快跑”都喊不出口——自爆病发作的感觉本来就让人无力说话，氧气面罩更是让我连声都发不出来。冷库里的空气不仅温度低，氧气含量也少得可怜，我摘了面罩只会死得更快。助手还戴着氧气面罩，要是能躲到货架后面去，没准能防止被传染……

没等我再想下去，右手被人一把抓了起来，把手套摘掉了。我还没来得及觉得冷，大拇指突然一痛。

我在心里长舒一口气。刚才又是难受又是着急，居然把助手二号（暂定）给忘了。

膨胀感开始慢慢消退，我得以放下心来好好体验自爆病缓解是什么感受。

大概是“充气”时间不长的缘故，这次的“放气”似乎有点压力不足，比第一次慢不少，大概不会喷得满地都是血。并且助手戴着氧气面罩，穿得也很严实，传染的问题也……

欸？

为什么大拇指没有被放气的感觉，反而觉得被什么东西包裹起来了？是异型触手吗？要是这样，助手二号（暂定）为了隔绝传染还真是——

这时我才看清，根本不是什么助手二号，是助手本人。她不知什么时候摘了面罩，用嘴包裹住我的大拇指。

人生从未经历过这种场景的我，只能呆立在原地，任由助手在我的拇指上肆虐。

整个口腔柔软的挤压感，吮吸制造的负压带来的真空感，舌头扫过拇指的酥麻，还有被触手刺破的伤口处若有似无的痛……几种感觉恰到好处地混杂在一起，同时包裹在助手温暖的口中，居然协调得令人喘不上气。

此刻，我能在脑海中抓住的形容词，只剩一个丢人的“舒服”。

我隔着氧气面罩满脸通红，眼前只剩下专心致志的助手。除了拇指在口中搅动发出的黏腻水声，我什么都听不见；死里逃生的感觉和拇指上的触感相比，什么都算不上；思考像凝胶一样潮湿而黏稠，什么都想不了。

不知过了多长时间，我觉得至少过了一个小时（……我得承认，事后推算的结果是，最多也就半分钟），助手才把我的手指从她的双唇之间抽出来。她抬起头，似笑非笑地看了我一眼，扣上了氧气面罩，然后帮我把手套戴了回去。

我直到这时才感觉出，除了温暖的大拇指，整只右手都冷得钻心地痛。

从冷库回到塑料厂地下室的路上，我一直精神恍惚，感觉自己不像在走路，倒像在半空中飘，连氧气面罩上蒙了一层水雾都浑然不觉，还踩了好几次助手的脚。一直到走出宿舍门，我把氧气面罩摘了下来，才感觉自己勉强能站稳。

助手把两个大袋子放在地上，用我从来没听过的挑逗语调说道：“羽绒服还不脱，你想把自己捂死吗？”

满头大汗的我像听到神谕一样，急急忙忙地把羽绒服脱了下来，系在腰间。再看助手，羽绒服早就塞到了背包里，用过的氧气面罩也挂到了背包带子上。

大概是忍了一路终于忍不住了吧，看着我扭扭捏捏、手忙脚乱的样子，助手捂着肚子大笑起来。

我被她笑得想切腹自尽，只能把她抛在身后，抓起装药的大袋子，一个人闷头往车里走。助手一边笑一边在后面追我。

把药品分门别类地收进冰箱之后，已经是正午了。助手坐在副驾驶位上咔嚓咔嚓地嚼压缩饼干，我则没心思吃东西，又不好向助手搭话，只能盯着方向盘，一口接一口地喝净化水。

“喂，”助手向我凑过来道，“我以前怎么没看出来你这么纯情的？”

“我以前也不知道你这么……这么奔放啊！”我慌得口不择言。

话一出口我才意识到，助手确实不是这么“奔放”的人啊。

想到这里，我终于鼓起勇气上下打量起助手来。果然，虽然长相和体型上一点变化都没有，助手身上的气场还是和平常很不一样：头发乱蓬蓬的，满脸坏笑，一只手枕在头后面，衣服扣子解开了好几颗——我一边庆幸她是“飞机场”一边往下看——坐得歪歪扭扭，还跷着二郎腿。

“你喝多了？”我有气无力地问。

“想什么呢你。”

我突然灵光一闪，脱口问道：“说，你是不是助手二号？”

话一说出口我自己都不信。那坨触手怪死气沉沉，不管像什么，反正不像活人，能搞这种恶作剧才怪。

“你说那个触手怪？不是哦。”助手咧着嘴对我笑。

我忽然注意到，助手的眼睛似乎有点异常。

“你把眼睛睁大点？”助手把两只眼睛瞪得溜圆。

我这才看清，助手的两个眼珠通红，红得像是要滴出血来，很像自爆病的症状。但自爆病患者不光虹膜会变红，巩膜也会跟着变色，所以眼白没变色就不是自爆病，这算是常识。难道她是和我在一起住久了，搞出了什么自爆病的变种？

“行啦，”助手不再做怪相，拍了拍我的肩膀说，“算是被你发现了。”

“发现什么？”我愣愣地问。

“发现我是另一个助手啦！”这次的助手不是坏笑，而是放松地笑了起来，“我是你家助手的第二个人格哦。”

“从来没听说过！”

“那就对了。我是昨天被触手怪当成宿主的时候形成的第二个人格，刚才救你的时候是第一次被唤醒——啊，你放心，最多就两个，不会再有第三个人格了。”

“当宿主还有这种效果？”

“不知道。要不然我替你问问？”

“怎么问？”

“这么问。”说着，助手背后伸出一根触手，连到了车后面的还在昏迷的男孩子身上，她一边操控触手一边对我解释，“就借他的嘴用用，不会耗费他多少能量的。”

助手的话音未落，熟悉的没声调起伏的童音就响了起来：“宿主占据控制权，主体性受到压制。申请宿主转移。”声调依然不像个活人，不过我倒觉得这句话能听出来一点又惊又怒的意思。

“你自己试试咯。”助手大大咧咧地说。

几根触手从她背后冒出来，拧成一束，插进了男孩胸前。触手像上次转移一样蠕动了一会儿，突然软了下去，不动了。

“你看吧，要不要再试试？”

“宿主转移失败。再次尝试的必要性极低。”

“所以请你解释解释？”

声音沉默了几秒钟。是在检测原因吗？

“与宿主极小程度的不可逆融合发生，宿主多重人格样症状发生；二者推测为因果性联系。另，融合发生的原因不明。”

“我做的弩箭需要助手的血清当稳定剂，是不是这个原因？”我插嘴道。

“否。”

为什么一对我说话，字数就这么少啊?!

助手问我：“还有什么想问的吗？没有我可把这家伙收回来了。”

没等我说话，男孩的一只胳膊突然抬了起来：“异议。维持连接要求——维持连接恳请。”

助手再次坏笑起来：“哦哟，是恳请啊？既然你恳请，那我就再放你待一会儿——不许乱动！”

我忍着笑对助手说："要不你还是在自己身上给它搞个发声装置吧。不能用触手模拟个声带什么的吗？"

"喂，问你呢，能不能行？"助手冲着男孩那边问道。

"难度高，在宿主操控下完成可能性较低。申请切换躯体控制权，结束后即刻交还。"这是认输了吗？

"那我就歇会儿了。"助手躺到了车座上。

下一秒钟，助手的表情一下子变得空虚而淡漠，眼瞳也变成了灰色。连在男孩身上的触手飞快地收了回去。过了一会儿，一根新的触手从助手的衣领里钻了出来，末端不断变幻着形状，最终定格成一张嘴的样子。

说实话，看起来有点恶心。

表情淡漠的助手把眼光停在我皱着的眉头上，似乎要张口说话——然后，没等自己出声，助手的眼睛在红灰之间闪了几下，最终像要喷火一样亮起了红色的光。她揪着那根触手怒气冲冲地问："刚才你是不打算把控制权还我了？"

触手末端响起一个嘶哑的男中音："并非……"男中音只说了两个字就像断了气一样没声了。

"你给我说话！"助手把触手拉到自己眼前逼问。

触手艰难地蠕动着，只能发出脖子被人掐住的声音。助手这才意识到自己捏得太紧了，把手松开了一点，不过还是攥着那根触手不放。

"并非如您所想象的。"这玩意儿什么时候这么有礼貌了。

"态度倒还行，"助手恶狠狠地笑了起来，样子更吓人了，

“下次再跟我耍花招，可就没这么便宜了……听到了没有？”

声音先抑后扬，连一旁看戏的我都哆嗦了一下。

“保证如您所愿。”

我再次插嘴：“这根触手能不能换个形状？什么都没有，光是一张嘴，看着怪恶心的。”

“不。”这触手怪怎么这么快就学会见风使舵了啊！

助手闭着眼睛想了一会儿，睁开血红的眼睛，满面笑容地威胁道：“这么一说我也觉得有点恶心。按他说的办比较好哦。”

不知从哪儿传来咽口水的声音，一定是我幻听了。嗯，一定是这样没错。

触手最后变成个小型扬声器的样子，整体感觉就像是助手戴了个完全不搭调的微型麦克风。助手满意地点了点头。

“还有一个问题——现在又多了你这个人格，我怎么称呼你啊？”我问助手。

听了我的问话，助手像是很困扰似的挠起了头：“我没想法。”

“命名为助手二号，提议。”男中音——换到扬声器外观之后变调成了浑厚的男低音——如是说。

“我拒绝！”助手用力掐了一下扬声器的“连接线”。看来不管哪个人格，助手都打心眼里讨厌这个名字。

“觉醒因子起名能力判定为极低，降低期待值建议。”

区区触手怪，居然还会补刀吗！

“那你们说怎么办？”我泄气地瘫在驾驶位的靠背上。

助手摇头，触手摇扬声器，整个房车陷入尴尬的沉默。

最终打破沉默的还是浑厚的男低音："疑问。你们二人，正在使用的姓名，是否存在？"

我和助手对视了一眼，同时摇了摇头。

"原因解释希望。"男低音说道。

助手先开了口："反正我们接触过的所有人里，只有老大一个是流浪医生，所有人都这么叫他。那我自然就是他的助手了呗。至于本名……我的已经想不起来了。老大好像不是想不起来，而是名字太多，搞得一个都不想用。"

即使人格不同，助手还叫我老大，让我有点莫名的感动。

我接着助手的话说："没错。我以前换过好多名字，没有一个让我满意的。成了流浪医生之后，就更不需要名字了。"

当然，话虽这么说，我彻底抛弃以前的名字，也就是从流浪时开始的，没比遇到助手的时间早多少。

"理解完毕。判定为合乎逻辑。唯今状况变化发生，出于便利性考虑，姓名固定希望。"

它说的不是没有道理，但一下子要习惯了没名字的我和助手给东西起名，倒是件麻烦事。我和助手面面相觑。

"——哎呀，差点忘了，"助手满面笑容地站起身，"我得先把 PTT66 给那个男孩子打上，还得换尿袋。"

我苦笑着目送助手逃离驾驶室。

助手操作了半天，连手都洗了三四遍，男孩还是昏睡不醒。干完了活的助手抓起男孩床头的汽水，咕嘟咕嘟喝了起来。

"我从来没见过储藏箱里有苹果味汽水。你平时都藏哪儿去了？”我漫不经心地问助手。

“这你都看不出来？我都放在——好啊，你套我话是不是?！”

助手再次露出凶恶的笑脸，吓得我连忙解释自己不过是随口一问，没有别的意思。不过，凶恶归凶恶，这个人格下的助手似乎比较好套话……这是个新发现，以后没准用得上。

助手一边喝汽水一边回到副驾驶座上。

“所以名字有想法了吗？”我故意逗她。

“有了！”

这个回答倒真是出乎意料。

“所以你准备叫什么？”

“我和另一个人格没有什么差异，唯一的区别就是眼睛颜色不同，干脆就叫红好了。”

你们俩差异可多了——我只在心里吐槽，没说出口。

“红”这个字倒挺顺口，至少像个名字，换了我肯定想不出来。看来这个助手在起名上似乎还有那么点天赋。

“挺好，就是太容易重名了，我看看能不能改一改。”

我绞尽脑汁思考怎么改进这个名字。有没有什么和红相关、而我又熟悉的东西适合做名字的?

药名这个方向似乎不错，我开始回忆，有没有什么更早的和“红”相关的药品……

有。

“叫朱砂吧。”

“诛杀？”助手的眼里闪起危险的光芒，“听起来够暴力的，我喜欢。不过你的那个助手可未必哦。”

“是朱——砂。朱红色的矿砂，别名丹砂，两个名字，正好你们一人一个。”

“哦。”助手失望地应了一声，不过很快又恢复了精神，“所以说朱砂是什么？”

“一种红色的矿物，成分是硫化汞……汞就是水银啦。这玩意儿能做颜料，也被远古人当作药来治病。用手摸没问题，稍微吃一点点问题也不大，不过吃多了是会中毒的。”

“哼……行吧。有毒这点还不错。”助手满意地点了点头，“你的那个助手说她也挺喜欢，因为这个朱……朱砂可以用来画画。”

“你俩现在就能交流？”我好奇地问。

“能啊，她只是不控制这具身体而已，只要她想，就可以一直醒着，我看到什么她就看到什么——你怎么脸红了？”

“废话！你忘了你在冷库里干了什么吗！我还以为她不知道呢！”我脱口而出，说完脸更红了。

“哎哟，看来你很享受嘛，要不要再来一次呀？”

我看着一脸坏笑的助手，认真考虑了一下要不要找块压缩饼干撞死。

“咳咳，言归正传，以后你就叫丹砂，朱砂这个名字给里面那个用。”

助手满意地点了点头。

其实我私心觉得朱砂更好听一点，不过这话不能对她说就是了。

“那这东西呢？”助手指了指卡在自己领子里的半截扬声器。

“人中黄或者人中白，你让它自己挑一个吧。”

话音未落，扬声器带着风声从助手的脖领子里窜了出来，危险地停在距离我太阳穴几厘米远的位置。

“发言请慎重考虑。”

一滴冷汗从我脸上流了下来。这玩意儿懂的东西还真不少。

“所以那个黄啊白啊的，是什么啊？”助手饶有兴趣地问。

扬声器用只有我能听见的低声重复了一遍：“发言，请，慎重，考虑。”

“这个……人中就是鼻子和嘴中间那个地方，白和黄就是，就是那个……人中上面长出来的脓包啦，我开个玩笑，哈哈……哈哈哈哈！”

助手似懂非懂地点了点头。在好糊弄这一点上，两个人格倒是一以贯之。

扬声器一副逼供的架势在我耳边晃悠，看来是不逼出名字来不罢休。我只能接着想。

“叫雄黄吧。”我说。

扬声器缩了回去。

“那又是什么？”助手追问道。

“偶尔和朱砂长在一起的一种矿物，也被古人拿来当药用，也是有毒。”我横了那截扬声器一眼，“而且据说可以辟邪。”

“哈哈，还辟邪，给触手怪起这种名字，是要让它辟自己吗！”助手大笑起来。

扬声器大概是没想到助手会从这个方向发起进攻，看起来有点蔫。这欺软怕硬的东西！

在心里骂完它，我突然想起，一开始遇到它的时候，这家伙是能直接读取我的思想的——我瞄了一眼那截扬声器，它还是蔫着没动，看来至少现在它不知道我在想什么。也对，如果它都知道，也就不用跟我们这么你一句我一句地斗嘴了。

助手举手："我们俩——我们三个都有名字了，那你呢？"

"我？我就叫医生不是挺好的吗！你们叫我老大，别人叫我'流浪医生'，挺方便的。"

"不行！"干脆利索的反对声是助手。

"行医资格未确认。"阴阳怪气的声音这是触手怪——等下，这年头哪还有行医资格这一说啊！

这家伙懂得倒是真多，连这种大灾变前的专有名词也能拿来讽刺我……所以它到底是个什么东西啊，真是的。

我接着冥思苦想。以前用过的名字在脑海中一个一个跳出来，又一个一个被我否决掉。每个名字让我想起的都不是什么美好的回忆。果然，名字这东西，我还是重新起一个吧。

"……平榛。"

"是什么矿？"

"不是矿，平榛是榛子的一种。"

"贞！子？"

"榛子……是种坚果啊。你没吃过吗？挺常见的。"

“没。”助手摇头。

“下次我给你搞点。”

“说定了！”

我有一搭没一搭地应付着助手，心里想起的却是我曾经置身其中的一大片榛木丛。那大概是开始流浪之前唯一一个能让我觉得亲切的风景了。

这下车里所有能说话的东西都有了名字。起名欲高涨的助手还要给昏睡不醒的男孩也起一个，不过被我制止了。毕竟人家只是昏了过去，名字多半还是有的，等他醒了再问就好。

助手——丹砂坐在副驾驶位上伸了个懒腰：“累了，我换人了。”

我问她：“切换人格有什么限制吗？”

“基本没有啦——哦，对了，一个是我比较容易累，另一个，你的朱砂是没法使用触手的，只有现在这个我才能把自己的一部分变成触手，因为只有我这部分人格和它融合了。”

“我第一次自爆病发作的时候你不是没被唤醒吗？那个时候朱砂就用触手救了我一命。”

“你这么死缠烂打很烦人欸，”丹砂白了我一眼说，“那时朱砂还不是宿主，只是个普普通通的——喂，那个什么……什么黄，那种状态叫什么？”

“提请注意，正确名称为雄黄。”

“我爱叫你什么就叫什么，你回答我就行了。”

“……携带者。”名叫雄黄的扬声器老老实实地回答。

“嗯，朱砂当时就是个蟹黄的携带者……”

“提请注意，正确名称为……”雄黄打断助手。

“蟹黄。”助手抓住机会重夺话语权，挑衅地看着伸出衣领的扬声器。雄黄不出声了。

“总之，朱砂和雄黄的相性太好，身体里只有一丁点雄黄的碎片，就已经发生融合，可以无意识地使用一点触手了。后来朱砂成了宿主，融合的部分增加，把她的人格分成了两个，分出来的就是现在这个我咯。”

我大概听懂了，不过里面很多细节都想不通。刚想追问下去，丹砂就不耐烦地截住我：“别问啦，以前也没觉得你这么啰唆。累死了，我回去了。”说着，她闭上了眼睛，一直在衣领周围晃悠的扬声器也缩了回去。

助手再睁眼时，瞳色已经变回了我熟悉的浅褐色。

“哟，欢迎回来。”我举起手，冲着朱砂挥了挥。

“啊……”朱砂有点恍惚，像是刚睡醒一样晃了晃脑袋，“原来不是做梦啊……老大，我没在做梦吗？”

我心情有点复杂，拍了拍她的肩膀：“我也觉得像做梦，但现实就是这样。你没事吧？”

“我……还好哦。虽然一开始像是被别人抢走了身体，被关了起来一样，不过那个，对了，是叫丹砂吧？像个大姐姐一样告诉我不要怕，我慢慢也就习惯了……”

朱砂的脸突然一红。我大概知道她在想什么，脸也红了起来。

“总……总之我俩都慢慢习惯吧。”我一边说，一边伸手拿起了丹砂放在仪表盘上的压缩饼干。

虽然感觉跟丹砂和雄黄纠缠了好久，实际上我们并没有浪费多少时间。我吃完自己的那份压缩饼干时也就下午 1 点刚过，如果不出意外，可以在日落之前赶到预定的出诊地点。接下来要开过去的路几乎是一条直线。

我把车开上高速公路，背向阳光，飞驰而去。

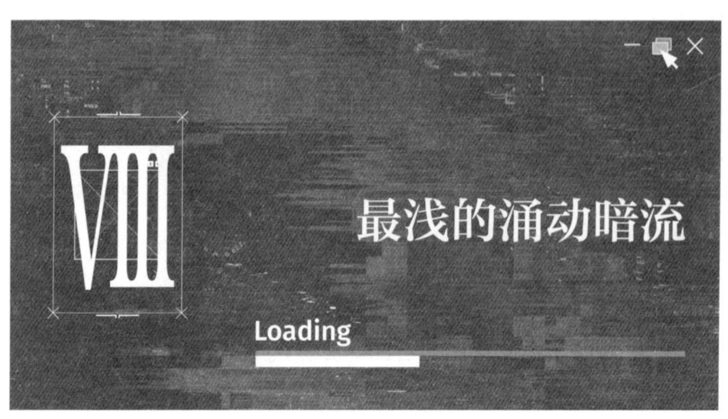

乔先生，大名乔剑豪，家住清泉镇。乔先生现年四十岁，名义上是清泉镇的治安官之一（和他相同头衔的人有五六个），实际上心计颇深，是整个镇子的幕后统治者，已经控制了清泉镇十多年。镇子里几乎所有的居民，包括傀儡镇长在内，都对他言听计从……不过这些都不是最惊人的。清泉镇最惊人的事实只有一个，那就是镇子里面居住着的总人口数——

整个清泉镇里足足有两千多人，这对于一般也就几十上百的聚居点人口来说几乎是个天文数字。

乔先生能掌控镇子这么长时间，原因有二：其一，此人心狠手辣，对反抗者睚眦必报，但对能为自己所用的人从来不吝啬；其二，他名副其实，确实是个远近闻名的剑豪，整个镇子里的人加起来都未必打得过他。

清泉镇在他治下，既没有民不聊生，也没闹出过什么大乱子，镇里的人只要不违逆他的意思，倒也能安稳度日。

一年前，他被一条疯狗咬了一口。镇里医生给出的意见是尽早截肢，被他打了一耳光，害得医生差点失聪。碰巧我要到镇上补充食物，由于自爆病的缘故跟他报备过，他就直接闯到了我的车里让我想办法。至于他为什么不怕我，用他自己的话说，“狂犬病不治就是个死，自爆病传不传染得上还不一定，怕什么”。

人类对付狂犬病的手段已经好几百年没变过了，我也不例外。于是我顺势在镇上住了一个月，给他打了五针狂犬疫苗，还帮他治好了脚气，从此就和助手一同获得了自由出入清泉镇，以及在镇上买东西半价的资格。

后来我听说，当时的镇长代表大多数镇民去办公室给他提意见，希望他把决定改一改，变成“允许其开车自由出入清泉镇，需要下车的事都交给其助手代劳”；结果，还没等镇长开口说话，乔先生把桌子一拍，就吓得他倒退着出了门。

这次他约我到清泉镇去，是因为他的夫人最近身体欠佳，要我去帮忙调理调理。听起来不是什么急事，不过就算真是如此，我也不敢迟到。这人翻脸比翻书还快，我在那一个月里见了好几次。

我和助手抵达清泉镇时刚好天黑。守卫认得我们的车，也没有拦，直接放我们进了镇子。我把车停在乔先生家院子里的空地上，把助手留在车上，一个人进去跟乔先生打招呼。

助手从第一次见到乔先生起就怕他，对他的事迹略有耳闻之后就更不敢见他了。乔先生自己倒是不以为意，毕竟比助手还怕他的人有的是。

乔先生没什么特殊爱好，唯一的兴趣是收藏刀剑。他家的客厅墙上密密麻麻都是格子，上面摆满了各式各样的刀剑藏品，从青铜制的古董，到大灾变前几年新生产的时髦玩意儿，一应俱全，而且都保养得很好，每一把刀剑都随时可以拿起来砍人。

“乔老爷正好有空，医生您请进。”把我引进客厅的男仆恭恭敬敬地对我鞠躬。我对他点了点头，推开书房的门，走了进去。

“哟，医生来得挺早啊。身体还好？”乔先生正坐在书桌后面把玩一柄竹刀。

“还行，您身体怎么样？”

“死不了。坐。”我坐到他对面的椅子上。

乔先生说完话又开始摆弄那把竹刀，把我晾在一边。我已经习惯他这种态度了，倒也不以为意。

“医生啊。”他突然又开了口。

“您说。”

“我之前说我老婆身体不好——是骗你的。她年轻，比我有精神。”

“您说笑了。”

“不过嘛，她最近有点太精神了，每天闹得我头疼。你有治头疼的药吗？”

我心里一紧，这事绝没有这么简单。

“有是有，不过——”

“有就好，”乔先生打断我，“清泉镇什么都不缺，就是缺医少药。”

“那我现在就去车里帮您拿点？”

“免了。”

我知道，事情没说完，我的屁股不允许离开这把椅子。

乔先生接着说：“头疼药只能治标，不能治本。”

这话怎么听都不对劲。

“我老婆最近太精神，我又没时间陪她，就打发她去镇里的酒吧散散心。你去过那家酒吧吗？”

“去过一次，挺热闹的。”

“不喜欢？”

我老老实实地回答：“不是喜不喜欢的问题。大家都认识我，我一进去，里面的人都跑光了。”

乔先生冷笑一声：“哼，医生全都像你这样就好了。”

我等着他说下一句话。

“镇里医生的学徒，最近也喜欢去那里喝两口……那小伙子也是个有精神的主。”

我隐隐约约听出来他是什么意思了。

“两个本来就能闹的人凑在一块，闹出花样来，我这头就更疼了。”

冷汗从我脑门上冒了出来。

乔先生盯着我的眼睛说：“话说到这个份上你也该明白了，

我让你过来，就是请你来给我的头疼治治本。”

我尽力不把视线移开，问他：“照您的意思，是想激进一点，直接除掉病根呢，还是保守治疗，以后别再头疼就算了？”

乔先生咧嘴一笑：“自然是除掉病根最好，而且一点副作用都不要有……万一被镇里的人知道，乔剑豪被自己老婆闹得头疼，我这张老脸可挂不住。”

我一咬牙，接着问道：“最后问您一句，您的头疼药，是只吃一剂就够了呢，还是要两服药，双管齐下？”

乔先生的眼神蓦然变得凶狠起来：“医生，你人不笨，就是太年轻，在为人处世上还有待磨炼。”

我吞了口唾沫，竭力抑制逃跑的冲动。

“你就做你分内的事，三天之内，用一服药把病治好，我绝不会亏待你。至于剩下那服药，给谁吃，什么时候吃，怎么吃，跟你有什么关系？”

他睁着怪眼瞪了我一会儿，突然重重地把竹刀砸在地上，开口叫道：“送客！”

虽然这和直接赶我走没什么两样，男仆还是在我出门时毕恭毕敬地递上了“诊疗费”和装满了菜肴的饭盒。刚烧好的饭菜散发出阵阵香气，和吃了好几天的压缩饼干相比实在是天壤之别。然而，闻着扑鼻的饭菜香，我还是一点食欲也没有。

回到车上，我一边让助手吃饭，一边将与乔先生之前的对话跟她复述了一遍。助手只顾着大快朵颐，根本就没往心里去，听完之后一点反应都没有，我只好把结论告诉她：“乔先生的老婆和医院的学徒给他戴了绿帽子，他想让我神不知鬼不觉地把那个学徒弄死。至于他老婆，他让我别多管闲事。”

终于理解了言外之意，助手的脸色一下子变青了，手里的馅饼啪嗒一声掉在腿上。她哆哆嗦嗦地把馅饼从腿上捡起来，端详了一会儿，又害怕又舍不得，最后下了好大的决心，闭着双眼，还是咬了下去，两口就把整张饼吃完了。

“老大，要不咱们跑吧？”助手嘴边粘着肉馅，忧心忡忡地对我说。

“跑？往哪里跑？整个清泉镇都是他的人，我俩去哪里他都知道。而且我现在算是这件事的知情人，你觉得他会老老实实地放我们走？”

助手低头不说话了。

事实上，我甚至怀疑，就算我真按照乔先生的指示杀掉了那个学徒，他也未必会放我们离开清泉镇，毕竟我知道了他的隐私，不把我监视起来，他是不可能放心的。

趁着夜色，我把车开到清泉镇中心广场西侧的树荫下面，清泉镇医院正好就在广场东边，和停车点隔广场相望。广场和我上次来时并没有什么变化，非要说有的话，就是正中央多了根旗杆一样的东西，上面挂着一面天蓝色的旗，旗上的图案是一把宝剑，看起来有点突兀。

这里是乔先生给我指定的停车场和居住地。旁边的小贩们正在收摊，看到了我的车，纷纷加快了速度，不过也仅限于此，并没有转身就跑的家伙。

在镇上逗留的那一个月，我也曾经帮几个要么胆子够大、要么生命垂危的镇民治过病，由于药品齐全，治疗效果比镇上的医生好得多。镇民之所以没对我表现出露骨的厌恶，除了渐渐习惯了我的存在，与此关系也很大。在他们眼里，我就像乔先生请进来的活火山，一旦爆发就万事休矣，不过只要不爆发，就可以拿来取暖泡温泉。再加上乔先生对反对意见的强硬压制，我姑且还算不上“不受欢迎的客人”。

至于助手，她倒是很快就成了整个清泉镇的临时镇花。我们一起出去散步时，遇到的镇民从来都是嘴里跟我打招呼，眼睛却盯着她看；尽管助手买东西时想付全款，小商贩们还是坚持收她一半的钱，而且每次都给她塞赠品；连最讨厌我的清泉镇医院都允许她自由出入，原因似乎是住院患者的强烈要求。

助手这么受欢迎，固然跟她长得漂亮有关系，但真正的原因，还是助手性格讨喜，既不跟乔先生多打交道，又不受条条框框约束，身上没有镇子里那种说不好是一板一眼还是阳奉阴违的感觉。

清泉镇医院只有一个学徒，名叫夜枭，我和助手都见过。他确实是个看起来会和女人不清不楚的小伙子，要是单论长相，在镇子里也算一号人物。这人一闲下来就到处勾搭别人家的姑娘，为此没少跟人争风吃醋、打架斗殴；不过他毕竟是医生的学徒，说不好以后有用得上他的时候，因此谁也不敢对他下重手。他也冲助手献过几次殷勤，后来被清泉镇的医生骂了一顿才收敛一些。

医生名叫寒鸦。在他看来，我不是什么能泡温泉的火山，是天灾。自从我到了清泉镇，寒鸦的患者虽然没有明显减少（毕竟我的药确实比草药贵得多），但看他的眼神都和以前不一样了，还学会了背着他窃窃私语。

这倒不怪他。即便清泉镇已经是名副其实的区域中心，他能拿到的药品数量还是少得可怜，只能用草药挑大梁。其实他的经验比我丰富，在草药学上也算是行家里手，但草药和大灾变前的工业产品不可同日而语，这也是没办法的事。总之，要说清泉镇里的人谁最讨厌我，他排第二，没人敢自称第一。

此人虽然恨我，人品却很正直，不光对镇里的人一视同仁，而且从来不去谄媚乔先生，反倒有意躲着他。我跟乔先生走得太近，大概也是他讨厌我的一个原因。

有一次，在他对病人的感染束手无策时，他也提出过要用自己的一半积蓄向我换一瓶青霉素。我实在看不过去（而且他的积蓄加起来真的也就值两瓶青霉素），就送了他一些药物。我希望这能缓解我和他之间的紧张关系，但收效甚微。

平心而论，虽然每次看到他摆臭脸我都很火大，但心里并不讨厌这位同行。

不仅如此，不知是不是他教导有方，他的学徒虽然好色，但从来没干过出格的事，工作上也算踏实。要我给这样的人下毒，实在是强人所难。

太阳完全没入地平线，广场上的小贩们也彻底没了踪影。助手在车厢后面给昏睡不醒的男孩换药，我终于开始觉得饿，把助手吃剩的饭菜一扫而空。

“老大——”

助手想说什么，我抬手制止了她。

有脚步声正在接近房车。我和助手屏住呼吸，听着脚步声越来越近，越来越近——直到脚步声在房车门外戛然而止。紧接着，急促的敲门声哐哐地响了起来。

敲门声一阵急过一阵。

我抓起手弩，硬着头皮问道：“谁？”

“是我，夜枭。寒鸦医生派我来的。”夜枭那种独特的轻浮嗓音和急促的敲门声极不相称。

我拿着手弩走到车门边，压着声音问道：“这么晚来找我做什么？”

“有人病重，我们家医生要面子不肯过来，派我来借药。”

天下哪有这么巧的事情，我一到清泉镇就有人生命垂危。

我把车门拉开一条缝，对他说道：“今天太晚，我要睡了。告诉你们医生等一晚吧。”

“您行行好，寒鸦医生也是束手无策才让我来找您的。有个患者被毒蜂叮了一口，现在已经休克了，我就借两支解毒剂。”

我知道，而且我打赌夜枭也知道，周围一定有乔先生的眼线。但不管夜枭来找我的理由是真是假，只要他来找我，乔先生就一定会起疑心。我给不给他开门，其实没多大区别。

我只能把门打开。

“医生，您动作快点。”夜枭站在车门外催我。

“别催，越催越找不到——有了。”

我把两支解毒剂包起来交给夜枭，他接过纸包，却并没有离开的意思。

“还有什么事？”

“我们家医生还告诉我，要是可能的话，让我务必把您本人请过去。咬人的毒蜂是新品种，他也没见过，怕处理不好，想请您帮忙看看。”

“算了吧，今天太晚了，我对毒虫咬伤又不熟。再说，有这两支解毒剂，不管是被什么东西咬的，要挺过今天晚上应该没问题。我明天再去吧。”

夜枭的声音再怎么轻浮，也掩盖不住此时的焦急：“您千万要来看看。凡事没有绝对，您去了大家都放心一点。要是今晚出了什么岔子，那我们医生肠子都要悔青了。”

话说到这个份上，已经由不得我不去了。我长叹一声，吩咐助手带点常用的急救药物，让夜枭先带着解毒剂回医院救人，我和助手马上就过去。

夜枭听了我的保证，深深地看了我一眼，对我鞠了个躬，随即拉上了车门。

等脚步声远了，助手问我：“咱们真的要去吗？”

我只能苦笑道：“我已经答应他了。再说，假设他们有别的目的，我们爽约只会让他们和乔先生两边都起疑心。你猜乔先生现在知不知道夜枭来过？”

助手吓得捂住了嘴，老老实实地打开了冰箱门。

原来你根本没想过乔先生在附近布有眼线吗……

我看着助手的背影，突然想到一件事，说道："你把丹砂叫出来，去医院的这一趟不知道会不会有危险，她似乎比你更能打。"

助手眼泪汪汪地看着我："老大，你是说我不能打吗？"

我暗叫不好。她不是装可怜，是真的没意识到自己没有丹砂能打，而且对我的提议感到很受伤。

我刚要说话，助手就气鼓鼓地扭过头去："换就换。"

丹砂刚被叫出来也是一副迷糊样："怎么了？"

没等我跟她解释，她的表情就从迷糊变成了坏笑。

"哟，老大把朱砂气哭了！"

我两手掩面，丢人啊！

我正无地自容，丹砂的声音传进耳朵里："你等会儿再自责，先跟我说说什么情况。"

"你刚才没看见吗？"我把手从脸上拿开。

"我和朱砂不一样，不在外面的时候经常要睡觉的。毕竟我的消耗比她大得多嘛。"

这倒是头一次听说。

我把状况跟丹砂粗略地讲解了一遍，丹砂边听边点头，最后帮我总结道："所以我们现在要去找那个给乔先生戴了绿帽子的夜枭，还要帮他上司的忙？就这么点事？"

我补充道："夜枭的话未必可信，我前脚从乔先生家出来，他后脚就来找我，没准戴绿帽子的事儿也是假的，真正的矛盾比这还要大。”

“我管那么多干吗，我就问你是不是有架可打！”

“不一定，最好没有。”

“无聊死了！早知道就不出来了，你只要让朱砂叫醒我待命，我在要打架的时候出来不就行了嘛。”

“又不是我，是朱砂叫你出来的！再说我哪知道你们还能这样交替啊。”

“算了，就跟你走一趟吧。”丹砂看我要把手弩交给她，对我摆了摆手道，“我用不着这个，你一个人拿两把好了。”

房车和医院中间隔着的广场并不大，我却每走一步都觉得腿软。现在回想起来，先是乔先生让我干掉夜枭，然后是夜枭找我去医院；一个是绕着圈子跟我打哑谜，另一个是软磨硬泡要我去他的老巢。虽然我早知道乔先生治下的清泉镇暗流涌动，但如此近距离地接触到他们之间的钩心斗角，这还是第一次。

万一夜枭真的只是给乔先生戴了个绿帽子，而镇医院真的只是突然有个倒霉蛋被新品种毒蜂蜇了呢。没准我还能在治好蜇伤之后说服乔先生，让他把夜枭赶走了事……做梦去吧——我推开医院大门，默默嘲讽自己的天真。

清泉镇医院只有两层，楼下是门诊区，楼上是住院区。现在门诊已经打烊，整个一楼漆黑一片，只有一点亮光从楼梯处透过来。我不由自主地握紧了挂在腰间的手弩。

双眼还没适应黑暗，我先听见了噔噔噔的下楼声。借着楼上透过来的光一看，正是夜枭。他快步走到我身后，轻手轻脚地关上了门。

“您走这边。”夜枭示意让我走前面。我冲他点点头，故作镇定地往楼上走去。

到了二楼的病房，我先松了一口气——还真就是这么巧，确实有一个脸肿得看不出五官的倒霉蛋躺在床上，床头放着空了的解毒剂。

“情况怎么样了？”我问夜枭。

“算是暂时稳定了吧，血压回升了。”夜枭答道。

“所以还要我来做什么？”

“您稍等，我把寒鸦医生叫过来。”

夜枭还没出去，寒鸦就走了进来。

寒鸦一看见我就条件反射一样露出我见了无数遍的臭脸，我则翻着白眼回敬他。不管这人有什么阴谋，我在气势上绝对不能输。

丹砂捂着嘴笑得蹲了下去。

我俩的怪相比赛持续了半分钟，最后还是寒鸦率先告负，收起了满脸的嫌恶道：“助手小姐越来越活泼了。”

赢了，耶——虽然很想这么振臂高呼，但现在显然不是装傻的场合。

丹砂好不容易止住笑，站了起来，说道：“寒鸦医生，以后你们叫我丹砂就行。”

寒鸦的眉头跳了一下：“他起的名？”

“对啊。他还给自己起名叫平榛呢。”

寒鸦摇了摇头，露出露骨的嗤之以鼻的表情：“那么……平榛医生，恭喜你终于有了个难听的名字。”

“哪里哪里。”我竭力维持风度。

“如你所见，今天下午这位患者被新品种的毒蜂蜇了，送到我这里来时已经生命垂危。如果不是你慷慨解囊，现在他可能已经死了。我必须为此向你道谢。”说着，寒鸦对我鞠了一躬。

这个人虽然讨厌我，但工作上还是分得很清。

“慢着，不是说借吗？怎么就慷慨解囊了？”丹砂在旁边插嘴。

寒鸦的眉头跳得更厉害了：“丹砂小姐说得对，是我用词不当，抱歉。”

我决定借着丹砂打开的突破口乘胜追击：“所以寒鸦医生叫我到这里来，不光是为了说谢谢吧。”

“……”寒鸦沉默了。

夜枭适时地接上了话：“在这里聊天，打扰到病人就不好了。我在这儿看护，您就和寒鸦医生到外面叙旧吧。至于丹砂小姐嘛……想不想在这儿帮我一把？晚上的医院很闲的，不如我俩——”

“算了吧。”

夜枭早已身经百战，对丹砂干脆的拒绝不以为意：“那么请三位出去聊吧，我一个人在这里就足够了。”

寒鸦的办公室是整个二楼距离楼梯最远的一间房，里面除了一张床、一张桌子，就是一柜子的书，此外别无他物。

“二位请坐。”

我和丹砂谁也没坐。我还没开口，丹砂抢了先，气势汹汹地问道：“寒鸦医生，你就直说吧，找我们来干什么？是不是你跟乔——”

我踩了丹砂一脚，让她别一上来就老老实实地把我们的底细都透出去。

寒鸦透过眼镜片打量着丹砂：“丹砂小姐有了名字之后，似乎连脾气也改了？”

丹砂还想说话，不过被我的话音盖了过去：“我可没觉得。她还不是像以前一样，嘴上没个把门的——”

丹砂反手在我屁股上狠狠拧了一下。

“那就当是这么回事好了。”寒鸦接着说道，“不过二位确实没猜错，毒蜂只不过是个偶然，即使没有这位患者，我也会找个别的理由把二位请过来。”

我心中一凛，他要说正事了。

“一般来说，平榛医生风尘仆仆，刚到清泉镇，只要不是要命的急病，乔先生再怎么着急，也肯定会让你先休息一晚。这次你从乔剑豪家出来时脸色很差，难道你刚来，他就有这么棘手的病要你看？”

“你跟踪我们？”丹砂瞪着寒鸦的脸。

“岂敢。不过是碰巧经过，看到了而已。”

我决定先用乔先生糊弄我的话来糊弄他：“乔先生的病倒不棘手，只不过一直头疼，脾气不大好，没说几句话就把我赶了出来。”

“你是有多怕他，才会为了一点头痛就那么提心吊胆？”

我伸开胳膊挡住已经想冲上去打人的助手：“寒鸦，你把我叫过来，就是为了嘲讽我吗？”

“我可没这么说。”

“那你想说什么？”

“我就是想问问你，乔剑豪今晚要你杀谁？”

我怔了几秒，拉着助手就往门外走，一直走到走廊中间。

寒鸦的声音在我背后响起：“怎么？心虚了？”

我趁其不备，猛地拔出手弩，回身对准了寒鸦：“不巧，乔先生正好让我做掉你。”

寒鸦的眼镜片泛起光芒，只说了短短一个字：“请。”

走廊昏暗的灯光下，我的影子在脏污的墙上举着手弩，正对寒鸦的影子。

寒鸦面不改色，看着我的眼睛缓缓说道：“你何苦帮他隐瞒？乔先生要你杀的人不是我，是夜枭。”

如果刚才还可以解释成他在诈我，现在这句话等于在说，他对不久前在乔先生书房里发生的对话一清二楚。

我举着手弩的胳膊像是风化了一样失去了力气。

“既然你连这个都知道了，还找我来干什么？”

“我来劝你弃暗投明，不要再给乔剑豪当走——”

寒鸦的声音突然中断，与此同时，走廊里昏暗的电灯一下子熄灭了，黑暗瞬间笼罩了整个二楼。几秒钟后，一切归于平静，寂寞而令人目眩的灯光又擅自倾泻下来。

我这时才看清，一柄巨大的镰刀正架在寒鸦的脖子上，闪动着青紫色的寒光；而丹砂不知何时已经反剪了寒鸦的双手，紧紧贴到了他背后。

“你要干什么?！”寒鸦的声音里透着困惑和惊慌。

“嘻嘻！”丹砂轻笑一声，把嘴贴近寒鸦的耳朵，像吹气一样温柔地吐字，“不干什么……”她声音里的温柔陡然消失，只剩下一字一顿、咬牙切齿的怒意，“我只是没老大那么好的脾气！”

镰刀微微嵌进了寒鸦的脖子，鲜红的血珠隐约可见。听到了吵闹声的夜枭从走廊另一侧的病房里冲了出来，看到眼前的一幕，不禁想冲过来。

丹砂大喝一声：“别动！”

夜枭只能僵在原地，迈出来的腿定格在半空中。

“说，不要再给乔剑豪当什么？”丹砂紧贴着寒鸦的耳朵咆哮道。

寒鸦虽然被丹砂杀了个措手不及，认清情况后反而又硬气了起来，一字一句地说：“不要再给他当走狗。”

我怕丹砂盛怒之下真把寒鸦的脑袋砍下来，刚想上去劝阻，丹砂一下子把镰刀对准了我，又换成了开始时那种温柔而危险的声音：“老大也站在那里别动。”

见我没再上前，丹砂瞟了夜枭一眼，再次把镰刀架到了寒鸦的脖子上。

“你是怎么知道乔先生跟老大说的话的？”

“无可奉告。”

“我再问一遍。你……究竟……怎么知道的？”

“无可奉……呃！”

丹砂手上略微加力。血珠汇成细流，从寒鸦的脖子流进了衣服里。寒鸦闭上眼睛，引颈受戮。

“你们别动老师！是我，偷听的人是我！”夜枭的声音带着哭腔，打破了紧绷的沉默。

寒鸦厉声叫道：“夜枭，你给我——”

丹砂手臂上的肌肉猛然发力，截断了寒鸦的最后一句话，说道：“你才给我闭嘴。”

有那么一个瞬间，我觉得自己已经看到寒鸦死于刀下的场景了：青紫色的镰刀轻轻松松地划过寒鸦的脖颈，滚烫的鲜血喷溅出来……

但那并不是真的。本该深深嵌入的镰刀在割破了表皮之后，仅仅在寒鸦的脖子上留下了一道黑紫色的勒痕。

丹砂像丢掉用过的注射器一样随随便便地松了手，放任寒鸦像个没人要的破布娃娃一般倒在地上。他被勒晕了过去。

接着，丹砂把手里的镰刀指向了颓然跪倒在地的夜枭：“不想他死的话，就把你知道的事情一字不漏地告诉我们。”

“寒鸦早就知道你们要来，这几天特意派我躲在乔剑豪家周围刺探消息。本来说是明天中午之前到，结果你们提前半天来了……”

“你怎么知道我们和乔剑豪约的时间？”丹砂厉声追问。

“这……我，我不能……”

我抓住时机加入逼问行列：“这事不重要，你往下说。”

夜枭缓了一口气，接着说道：“我看着你们的车进了乔剑豪家的院子，就从另一边溜了进去。我本来想趴到窗边听里面在说什么，但根本听不清，只能听见最后乔剑豪说了一声‘送客’。我在你出来之前藏到了你们的车底下，等你进了车里再出来，蹲在车窗下面听你们说话……”

“然后等我们开车出去，你就回来跟寒鸦报告了？”我问道。

“是——”

“为什么要偷听？”我在他把话说完之前抢先一步追问。

“不……不是，我本来……”夜枭开始支支吾吾。

看着眼前依旧藏着掖着的夜枭，丹砂带着怒意笑了起来。

“嘿嘿，你是看准了我不敢杀寒鸦，所以避重就轻对吧？”说着，她把镰刀高举过头。

“我不是——”夜枭的话说到一半，镰刀带着残影，瞬间劈了下去，空气里响起尖锐的嗖嗖声。夜枭面如土色，绝望地闭上了眼睛。

当他睁开眼时，镰刀的刀尖正悬在寒鸦左膝正上方一点点，似乎随时都会没入他脆弱的膝盖。

“我确实不好杀他，不过废他一条腿总可以吧？以后最多也就是拄个拐杖而已，这儿又是医院，绝对要不了他的命——你意下如何？”

夜枭最后的心理防线崩溃，头低得要埋进自己的胸口：“别碰老师……我说，我全说。”

我和丹砂的逼供卓有成效，问出来的东西甚至超出了我最疯狂的想象。比如说，寒鸦今晚叫我过来之前，已经准备好伪造我自爆病发作的现场了——但那只是我听见的东西里最正常、最不让人胆战心惊的部分。

我一直以为，乔先生以一己之力，从小小的治安官一步步变成了清泉镇的无冕之王，就算是走上了人生巅峰——实际上，他早已不满足于一个小小的清泉镇。

近几年来，清泉镇周围的聚居点要么对乔先生俯首称臣；要么爆发政变，把不合作的势力赶下台；要么莫名其妙地被越来越多光顾的掠夺者和越来越少露面的商队搞垮，里面的居民死的死、逃的逃。

这还不是最糟糕的。距离我和助手遇到雄黄的地方不远，有一个死硬派聚居点。居民们仗着自己占据了那一片区域的水源地，靠吃变种老鼠度日，硬是不愿向乔先生屈服。终于，两个月前，失去了耐心的乔先生派心腹往水源里投了剧毒，整个聚居点连一条狗都没活下来。

不仅被投毒的聚居点被整个从地图上抹掉，下游也有不少人喝了受污染的水而生病。结果那段时间，乔先生和清泉镇的水厂就靠着卖水发了一笔横财，还以卫生为名，强行填埋了好几个聚居点的水井，通过控制水源，间接将那些地方牢牢地攥在自己手里。

据说，乔先生的最终目的，就是以清泉镇为核心，控制周围所有的聚居点，成立“王国”。乔先生连未来的“国旗”都定了下来，就是下午在广场上看见的天蓝色宝剑旗。

寒鸦是最早一批对乔先生的所作所为产生警觉的人之一。一年前咬了乔先生的那只疯狗，实际上就是寒鸦偷偷放到治安所周围的。说来有些讽刺，这次闹着玩一样的计划几乎成功了，然而被我搅了局，功亏一篑。在那之后，乔先生的疑心病变本加厉，行踪也更加诡秘，好几天不出现在镇民眼前也是常事。

然而那时的寒鸦并没猜到乔先生的野心有这么大。他当时的推测是，乔先生只不过想从聚居点敛财。直到最近，水源地被投毒的消息传到清泉镇，寒鸦才彻底醒悟过来，然而这时的乔先生已经连供水协议都签好了。

寒鸦试图联络各个聚居点中反对乔先生的力量，建立一个地下抵抗组织，但过程并不顺利。全员都拿了乔先生好处的聚居点自不必说，被政变搞下台的前聚居点首领们也被投毒事件吓破了胆，只有一些被乔先生搞得家破人亡、流离失所的人愿意加入抵抗组织。要问这些人现在藏在哪里，只有寒鸦知道，连夜枭也说不清。

至于为什么乔先生让我杀夜枭而不是寒鸦，夜枭转述了寒鸦的推测，乔先生其实并不能确定抵抗组织到底有多大、领导者是谁，他只是不希望这个组织的名字传到大众耳朵里，将其扼杀在摇篮里是最保险的。寒鸦确实可疑，但从未让乔先生抓住过什么实际的把柄，在镇上的声望也很高。如果贸然朝他发难，且不说杀错了人怎么办，光是镇里唯一的医生遇害（至少也是失踪）这件事就足够引起动荡了。

而夜枭则不一样，他既没有寒鸦那么高的声望，又因为争风吃醋，经常和别人起冲突，即使不幸遇害，也有大把的替罪羊可以找。归根结底，对乔先生来说，搞暗杀无非是要敲山震虎、恫吓躲在暗处的抵抗组织，死的到底是寒鸦还是夜枭，其实对他来说没什么差别。

最后，今晚寒鸦之所以非要把我弄到这里来，就是为了确认，我到底是不是已经死心塌地地跟定了乔先生。如果没有当然最好，如果我决定依附乔先生，那么即使把我灭口，寒鸦也在所不惜，反正我什么时候爆炸都不稀奇——当然，一旦我在镇医院“自爆”，对乔先生来说，就等同于寒鸦公开宣布反叛了。

夜枭的讲述告一段落，我还没从震惊中缓过来，丹砂却不耐烦地打了个哈欠。

“所以把我们骗过来，就是想威胁我们别碍事？要是不听，你们就要把老大炸个稀巴烂？”丹砂停顿了一下，然后用最大分贝的音量对夜枭吼道，“做梦！”

夜枭满脸绝望地看着我，我用同情的目光看着他。丹砂的理解能力唯独在打打杀杀上敏锐得过头。

丹砂转过身去不再理他。

我思考了一下，对夜枭如此说道：“等寒鸦医生醒了，请你向他转达，今晚我们只是来送药的，解毒剂算我送给患者的，医药费就免了；丹砂跟他闹着玩，一失手把他勒晕了，虽然没有恶意，但还是很抱歉。至于他和乔先生之间那些有的没的……我一概不知，也请他以后不要打我的主意。”说完，我拉着助手往楼下走去。

“你们就置身事外吗……几十条人命，说没就没了啊……”夜枭的声音从背后传来，消沉而绝望，只是他平时说话中一直带着的那种轻浮感如同底色一般难以消除——当然，这只是他一贯的说话方式而已，强行要他改掉，大概是不可能的。

我回头一看，昏暗的灯光下，唯一微微发光的，只有夜枭的双眼。“对不起。”我不再看他，冷冷地说，“我不相信。”

“老大——”丹砂扛着镰刀，一只脚刚踏出医院就要说话。

“嘘！”

丹砂不满地哼了一声，不过一路上没再开口。

等我们回到车上时，月亮刚过中天；而丹砂不知什么时候——大概是走路的时候吧，已经把身体的控制权还给了朱砂。我发现时也没怎么惊讶，感觉自己和朱砂都已经有点习惯这种切换了。

“老大，你真不信夜枭吗？”回到车里，朱砂怯怯地问我。

“你先小点声。”

朱砂像受惊的小动物一样环顾四周。

“夜枭不是已经——”

“夜枭能偷听我们，乔先生的人就不会吗？”我低声说道。

“欸——”

“小点声！”我压着嗓子制止朱砂。

“所以，老大，夜枭说的到底是不是真的啊？”朱砂终于改用气声问我。

“说不好，可能有虚构加工，但看他说话的样子，在重要事件上撒谎的可能性不大。”我也用气声回答。

“那你刚才为什么要说自己不信？”

“以防万一。你不觉得我们一过来就有人被蜇这件事也很巧吗？万一那是苦肉计，那个人是乔先生派到医院里的耳目呢？”

朱砂点点头。

“而且，就算乔先生不知道，我们这么早答应寒鸦他们，也只会把自己逼进绝境。虽然看起来寒鸦才是正义的一方，可他们对我们用的手段跟乔先生也没什么区别，谁知道他们会不会把我们当成一次性道具，用过就丢。”

“那我们下一步怎么办？”

“只能静观其变了。反正我是不会老老实实替乔先生杀人的。要是杀了夜枭，我们就算是彻底被他抓住了把柄，以后只能当他的棋子。天知道他不高兴了会不会再找个人把我俩杀了。”

“对了，刚才丹砂拿的那把大镰刀呢？你把那个放哪儿了？”我突然想到了这个。

“那是我的小指哦。”朱砂小声笑了一下。

“什么？”

“那是雄黄在我小指上变形出来的。怎么样，很厉害吧！”

“这个……确实是挺厉害的。不过，握着自己的小指，不会很别扭吗？”

朱砂有点难为情地挠了挠头：“本来丹砂想把整只手变形成镰刀的，但是我觉得那样太恶心，就逼她只用小指来变，假装把镰刀拿在手里。”

这个想法很有助手的风格，但我吃惊的点倒不在这：“丹砂这么听你的话？”

“丹砂比我后出生，所以我是姐姐哦！”朱砂甚至有点自豪地挺起了胸。

算了，反正从结果上说，朱砂确实是正确的——如果被寒鸦、夜枭他们看到整只手变形成镰刀的丹砂，不知道我们以后会多出多少麻烦。

“那你变出镰刀的一瞬间，走廊里的灯突然灭了，是巧合吗？”

“哦，那个吗？那是另一条触手干的，偷偷伸到开关旁边把灯关掉了，免得变出镰刀的过程被你们发现……嘿嘿。”

还真有你的。

“啊——”朱砂忽然低声惊叫。

“怎么了？”

“如果被蜇的那个人是乔先生的人，我们的话是不是都被他听到了？”

朱砂这一问提醒了我。

如果被蜇的人是乔先生的耳目，夜枭在我和丹砂的逼问之下说出来的一切都会被他听去，最终成为乔先生桌上的报告……夜枭和寒鸦的身份暴露后，抵抗组织的事也会从传闻变成现实。

要真是这样，我和丹砂可算是给乔先生送了份大礼。

第二天早上，我还没完全睡醒，就听见敲车门的声音。是乔先生家的男仆请我去他家吃早饭。

“医生早上好啊。还没吃早饭吧？坐。”乔先生坐在餐桌一侧，用少见的愉快表情对我说道。

我僵硬地坐到餐桌侧面的椅子上。乔先生拍了拍手，男仆一手托着一个大盘子来到餐桌旁，分别把餐盘放到乔先生和我面前。

“早饭我习惯少吃一点，不过医生远来是客，不多吃可不行。”

乔先生的盘子里是煎蛋、香肠、面包和变种葡萄；而我的盘子里，不仅有乔先生盘子里的所有东西，面包上还浇了一勺棕色的酱。

“这是特别为你准备的榛子巧克力酱，据说这种酱里用到的榛子在大灾变前名叫欧榛，不是平榛，不过我这种小地方，也就只有这种东西了……平榛医生，你可别见怪。”

整个清泉镇，应该只有寒鸦和夜枭知道这个名字……那是丹砂昨晚在病房告诉他们的。我无力地抓起面包咬了一口，被甜腻的榛子巧克力酱噎得说不出话。

“我得多谢平榛医生，帮我解决了一个大问题。”

我点了点头，觉得脑袋沉得要命，根本不像自己的。

“我的头疼也好了一大半，往后就不劳医生多操心了。当然，报酬照给，毕竟功劳还是你的。”

“嗯。”

然后，乔先生不再说话，专心对付自己盘子里的早餐。

“平榛医生没胃口？”乔先生已经在吃最后一粒变种葡萄，而我的盘子里，除了那片浇上了榛子酱的面包被咬了一口，其余的食物全都保持原样。

“对。”

“也罢，就算是医生，也有自己治不了的毛病。”

我默然。

“反正时间多的是，你也不用着急，慢慢吃。正好我还有几件小事想问问你。”

我的胃一阵抽搐。

“昨晚医生睡得如何？”

“不……不怎么好。寒鸦有个被毒蜂蜇了的病人，他一个人处理不了，结果连带着我也折腾了一晚上。”

“哦——你们两人有一阵子不见了，想必聊得挺开心吧？是不是还谈到了我这个老头子？”

我只是看着乔先生。

“哈哈，不想说也罢，想我年轻的时候，也没少在背后议论别人，正常，正常。”乔先生的声音越来越冰冷，“不过，有些闲话说说就罢了。那些捕风捉影的，把没有根据的事情往我头上栽，我可不能坐视不理。”

说着，乔先生用餐巾擦了擦嘴，男仆像个幽灵一样无声无息地飘进了餐厅，把乔先生的餐盘端了出去。

我目送男仆离开，忍无可忍地开口说道：“乔先生，昨晚发生的事情您肯定也都知道了，何苦还跟我兜圈子。”

“哦？”

“我跟您直说了吧，我信不过夜枭。退一步说，就算他说的是真的，您想把清泉镇和周围的聚居点联合起来，我也不觉得有什么不好。唯有一点，如果他说的是真的……”

“所谓的投毒事件？”

我抬头看天花板，算是默认。

“既然医生喜欢直来直去，那我也实话实说。我乔剑豪痴长这么多岁数，这双手也不怎么干净，但至少，像投毒这种可能反噬自身，而且没法补救的事，至今还没干过。”

乔先生的目光和我对上，停顿了一下，接着用诚恳的语气说道：“那个聚居点的人确实在一夜之间死绝了，但下手的不是我，也不是我派的人。医生要是信不过我，那我也无话可说，但求问心无愧罢了。”

“那还有谁——”

“不知道。”乔先生略显不快地打断我。

“真正的凶手到底是谁，或者是别的什么东西，我一无所知。唯一能确定的就是，别人肯定会把这件事栽赃给我。平榛医生也准备效仿那些人，仅凭臆测给人定罪吗？”

我无话可说。

“平榛医生，你年轻，有正义感，和我这种老家伙不一样。但你要记住，太有正义感的下场，就是死无葬身之地，还傻乎乎地以为自己是为了理想献身，却到死都不知道，自己只不过是别人手里的一颗棋子。”

我想不到任何反驳的词句。

“算了，不聊这些让人倒胃口的事情，医生还是填饱肚子要紧。”乔先生脸上浮起淡淡的微笑，两手一摊。

男仆简直像排练好了一样又进入餐厅，给乔先生和我倒上饮料。

“一时吃不下不要紧，慢慢来，喝点茶吧。”

我压抑住满腹的疑惑，喝了几口茶，又苦又涩，但至少还在可接受的范围内。

“还有件无关紧要的事——”

我放下茶杯。

“平榛医生似乎新收了个叫丹砂的助手？”

新收？我疑惑地看着乔先生。

“别装傻嘛。你原来的那位助手虽然是个好姑娘，不过在战斗上恐怕要比这个丹砂略逊一筹。能将那把武器舞得虎虎生风，恐怕医生自己也没这个力气吧。”

我大致明白过来。乔先生只能听到清泉镇医院走廊里的声音，却看不到助手的长相，因此把丹砂当成了另外一个人。

“哈哈哈，”我干笑几声，“乔先生料事如神。丹砂虽然脾气不怎么好，打起架来倒是出乎意料的强。”

“这位丹砂小姐习惯用什么武器？”乔先生的声音里甚至多了几分热切。

“这个……应该是镰刀吧。”

“不简单，不简单啊！”乔先生拿起茶杯喝了一口，“那原来那位助手呢？难不成平榛医生始乱终弃——”

“您这说的是哪儿的话！助手……原来的助手好好地在车里待着，只是胆子小，不大敢来见您而已。”

在乔先生面前脸红，对我来说还真是新奇的体验。

“想必平榛医生给她也起了名字吧？”

“叫朱砂……”

“哈哈，哈哈哈哈！”乔先生罕见地大笑起来，“我读书少，只记得有个古国叫齐国，里面的人有一妻一妾，看来平榛医生也享起了齐人之福，比我这老头子还强些！只是不知道，这个妻妾的名分该怎么定啊？哈哈哈哈！”

我窘得无地自容，又想解释，又觉得多一事不如少一事，只能低头看自己盘子里放凉了的香肠和鸡蛋。

“不好意思，倒是我为老不尊，害得医生窘迫了，抱歉抱歉。”

“没……没……没关系。”我连话都有点说不利索。

乔先生好不容易止住了笑，对我说道：“言归正传，既然医生知道了投毒的事，想不想去实地看一看，到底是什么东西害死了一整个聚居点的人？”

“让我去调查投毒事件的真相？”话题的唐突转换让我有点摸不着头脑。

“没错。我思来想去，也只有平榛医生既靠得住、又有能力调查出真相了。”

即使乔先生脸上带着笑意，说到“靠得住”三个字时，眼睛里还是闪过一丝阴鸷。

不过，这对我来说倒是求之不得。现在我在清泉镇里的一举一动都被对立双方尽收眼底，如果能到镇外，就算是个荒废的聚居点，也比待在处处是耳目的清泉镇里强得多。

更何况，如果真能调查出投毒事件的真相，我大概也能找准自己在这场风波里该站的位置。

答应了乔先生的调查邀请之后，我意外地恢复了一点胃口。虽然盘子里的早餐已经凉透了，我还是吃了不少，不过全吃光肯定是没戏。乔先生也没再多劝，只是帮我把吃剩下的东西打包起来，又额外让我带了两份早餐，给我的“一妻一妾”。

出门时，除了装着两份半早餐的盒子和看病的报酬（是以清泉镇名义印的钞票，虽然看起来不大靠谱，不过在清泉镇里面花销还是没问题的），男仆还额外塞给我一瓶没开封的榛子巧克力酱，看包装是大灾变前几年的产品。虽然这东西和我熟悉的榛子味道确实有些距离，而且甜得过了头，不过配上面包，也算得上美味。而且，既然助手喜欢可可味的压缩饼干，这个多半也能讨她喜欢。

我回到房车上，放低音量，把早上的对话跟助手——现在是朱砂——复述了一遍。果然，她也觉得清泉镇危机四伏，还是暂时离开比较好。说到“齐人之福”时候，我叮嘱她尽量演得像乔先生误解的那样，免得横生枝节，她满脸郑重地点了点头。

至于事情的真相，朱砂倒并不怎么关心，只是漫不经心地感叹了一句：“唉……真不知道该信谁好。”

我自己觉得，夜枭昨晚不像说谎，但乔先生今天的表现也不像是在诓我。没错，他是在清泉镇摸爬滚打了几十年的老狐狸，要是想骗我，我多半看不出来；但让我去投毒事件现场调查，显然是一个明确的信号：他对我去调查是很放心的。

至于他为什么这么放心——要么如他所说，此事跟他无关；要么是他把现场打扫得一干二净，让我什么也看不出来；要么……就是他要在清泉镇外杀我灭口。

考虑到这件事是他主动提出的，我真心觉得第一种情况的可能性比较高。

我还没到那种他必须除之而后快的地步吧。

广场上，小贩们此起彼伏的叫卖声已经响了起来。朱砂拿着从乔先生那里得到的钞票，非要下车去“采购必需品”，我也没有拦她。毕竟离投毒事件过了这么长时间，我们晚到一会儿，也不会错过什么重要线索。反正车上现在也不缺什么，随她喜欢好了。

不过，她这次逛街的时间还真长啊——正当我这么想的时候，急迫的敲门声响了起来。我打开门一看，朱砂正神色慌张地站在车门口。

“怎么了？”

朱砂三步并作两步跑进车里，然后用力关上车门：“老大，夜枭刚刚从我身边经过，给我塞了一张字条……”

说着，朱砂把字条递给我。在她手心里攥了不知多长时间的字条被汗浸湿，上面的字迹已经有点晕开，不过仍然可辨：投毒现场危险勿去，性命要紧！

我看着字条上的字迹，一时之间，最先想到的倒不是身家性命，反倒是个更加令人疑惑的问题。“这张纸条是夜枭刚刚给你的？”

“是啊。”

“他怎么知道我们要去现场调查的？”

“欸？”我和助手大眼瞪小眼，“难道又是偷听？”朱砂想了一会儿，问道。

“乔先生没这么傻吧，在自己家里被偷听了一次，今天还不加强戒备？”

“要不就是乔先生家里有内鬼？”

我摇摇头，也不像。唯一可能听到我和乔先生说话的人，只有那个男仆。但那个人跟了乔先生许多年，也替他出生入死过好几次，几乎是乔先生影子一样的存在。要说他会背叛乔先生替寒鸦做事，别说我和助手了，恐怕连他自己都不信。

我和朱砂想破了头也想不出究竟是怎么回事，只能暂且把这个问题搁置一边。

“调查还是要去的吧？”朱砂惴惴不安地问。

“肯定要去。就算乔先生真打算灭口，去调查也比在清泉镇一无所知地困死要强。”

朱砂点了点头，顺着我的话说道：“而且，制造危险的人……也未必就是乔先生吧。”

我有点惊异地看了看朱砂，能从助手嘴里听见富有建设性的意见实属难得。

更重要的是，她说得没错，现在看起来比较可疑的确实是寒鸦和夜枭一方。根据语气的不同，字条上的这句话既可以解释成忠告，也可以解释成威胁。用这么模棱两可的话来阻止我们去现场调查，的确令人疑窦丛生。

“那边大概有多远？”朱砂问我。

“按照乔先生给的地图，开车也就三个小时的路程。”

这张地图还是夹在餐盒里的。顺带一提，助手也只把我吃剩下的那半份早餐吃掉了。如果节省一点，今天一整天，我和助手就可以只靠乔先生家的早饭过活了。

“你去后面看一眼那个男孩的情况，没问题的话就把 ASC 800 给他打上吧。弄完之后我们就出发。”

男孩依旧昏睡不醒——朱砂已经几度怀疑他到底是不是死了，每次都要探探男孩的呼吸和脉搏——万幸，一直都有。朱砂还通过丹砂问了雄黄，而雄黄长篇大论的解释可以浓缩成一句话：他也不知道怎么回事。

雄黄说，虽然一开始确实是触手的过度使用消耗了男孩几乎所有的生命力，但在补充过能量之后，男孩应该很快就能醒过来，反倒是现在这种昏睡不醒的状态比较反常。

我对男孩的检查也不止一次，而最近一次的结论则是，除了没有意识和可控范围内的营养不良之外，男孩身体上已经没有异常了。然而男孩就是不醒，我和助手束手无策，只能给他打吊瓶。

所以说我也不是不能应付乔先生——我车里确实有三个人，只不过齐人之福什么的嘛，那就是想太多了。

朱砂给男孩打完针，洗过手，坐到了副驾驶位上。我看了一眼时间，9 点 40 分。一切顺利的话，我们大概要在被污染的水源地旁边吃午饭了。我发动车子，驶离广场边的树丛。

广场上，蓝底宝剑旗正在我们头顶随风飘扬。

从清泉镇到投毒事发现场，一路无事。我和朱砂在车上合吃了一份乔先生家的早饭，然后打包好调查用的必需品，站到了空无一人的聚居点大门前。

聚居点的围墙已经被毁得没法看了——映入我和助手眼帘的，除了几根混凝土柱子，只有一些看起来匆忙垒成的单层石头墙，中间还塌了一大段，只有木栅栏挡在两段勉强支撑不倒的石头墙中间。聚居点的大门也没有任何能把访客阻挡在外的措施，除非来客身高不到一米，才能被锈迹斑斑的古老伸缩门挡住。

伸缩门旁边有一棵巨大的树，明明是夏天，树叶却落光了，树皮也被削掉了一块，裸露出来的木质上面刻着几个七扭八歪的字："危险区域，切勿靠近"。树下横着一块大石头，仔细一看，上面也刻着几个已经模糊到看不清的字，想必是这个聚居点曾经的名字。

看来这个聚居点也曾经辉煌过一阵子——太小的聚居点是没有名字的。强劲的风从围墙边吹过，发出呜咽似的声音。

朱砂有点害怕地拉住我的衣角。我刚想说句话安慰她，她拉着我衣角的手忽然软了下去，再抬起来时，占据身体控制权的人格已经是丹砂了。

“本来说好了要我待命的，结果她太害怕，就把我换出来了。”

我无奈扶额：“总之先进去吧。”

“好嘞！”丹砂两眼放着光，像放学后和朋友去隔壁街区探险的小学生一样，拽着我走进了死寂的废墟。

废墟里的景象比外面还要不堪。倒塌的房屋，散落一地的杂物，横七竖八的尸体。

按理来说，投毒事件已经发生一阵子了，且不说有没有人清理，就算没人管那些遇难者，他们的遗体也早就腐烂得看不出人形了。由此可见这些尸体应该不是中毒事件中死亡的居民。

走近一看，我的推测果然得到了证实：这些根本就不是遇难居民的遗体，而是莫名其妙大批量死亡的丧尸病患者，死因不明。不过，假设这里确实被投了毒，这些丧尸应该是吃了原本居民的尸体后死掉的。

至于为什么他们的尸体还完好无损地留在这里……丧尸病患者的尸体腐坏的速度极慢，是因为身体内的部分有机物会发生聚合反应，形成高分子结构——这也是为什么丧尸病患者吃了病友的肉之后不仅不能消化、反而会被撑死的原因。不管怎么说，这些家伙也算是投毒事件的间接受害者了。

白天丧尸都在黑暗处躲着，我和丹砂倒不用顾虑太多。反正一两个丧尸，在丹砂面前也算不上什么，无非是挥舞几下镰刀的事。

整个聚居点依山而建，大门在地势较低的一边。一条河流从山上流下，经过聚居点背后，成了一道天然屏障。我和丹砂一路上坡，穿过一片又一片废墟，终于到了河边。清澈的河水泛着粼粼波光，冷漠地从横七竖八的尸体中间流过。

“现在要干什么？取水样？”丹砂问我。

“没用的，这又不是一潭死水，里面就算有东西也早就被冲干净了。”

“那怎么办？”

“去找找看有没有事发当天剩下来的水吧。顺便看看有没有别的线索。”

然后，我和丹砂把几乎整个聚居点翻了个底朝天，却什么都没有找到。没倒塌的房子里只有丧尸在避暑，而废墟周围也没有任何称得上是线索的东西。水杯水壶之类的器皿简直像从来没被发明出来过一样，一件都找不到。

我和丹砂满头大汗地坐到了河边一块还算干净的石头上，徒劳无功的寻找对身体和心理的消耗都不小。

“怪不得那个死老头放心让我们过来，我看能装水的东西早就被他派人一把火烧了！”丹砂愤愤不平地嘟囔着。

“寒鸦也挺可疑的吧。这里除了几个丧尸之外什么都没有，他说的危险在哪儿？”我对寒鸦的怨气更大一点。

“反正两边都不像好人！”

“不管怎么说，现在先从河里取点水样吧。”

我戴上手套，掏出一个洗干净的塑料瓶，把瓶子浸到河水里。水很凉，如果不考虑河道两旁星罗棋布的死丧尸，在这样炎热的天气里，把手泡到河里面实在是很舒服。

“帮我拿张万用试纸。”

丹砂从我背包里翻出一个小盒子，里面装着一沓白色的小纸条，仅仅一张就能粗略测出好几十种常见的污染物，据说大灾变刚发生的时候到处都在大量生产这东西，以至于直到现在还非常容易入手。

我把试纸扔进水样里，和丹砂两个人把头凑近透明的瓶身，观察试纸的变色情况。

不出所料，我们等了好几分钟，最终连比色卡都没用上。纸条只有中间部分稍微出现了一道红杠，说明水里的常见菌群稍微有点超标，其余未见异常。单从试纸的结果来看，如果不算那些半个身子泡在河里的丧尸，这里的水质甚至比大多数饮用水水源地都要好。应该说不愧是能从乔先生的封锁策略下挺过来的地方……

我俩本来还抱着一点点希望，看到这个结果后彻底泄了气，只能拿着瓶子灰溜溜地往回走。

“今天先回车里，明天再来？”丹砂无精打采地问。

"只能这样了。"我垂头丧气地答。

时间还早，我们回到车里，也没什么心情吃饭，只能有一搭没一搭地闲聊。

"我们确实是把每一间房子都搜遍了吧？"我心不在焉地问丹砂。

"肯定搜遍了。第一遍找的时候每间房子里都有几个丧尸，找最后一遍的时候一个都不剩了。"那些丧尸全数倒在丹砂的巨镰之下。

"按理说，如果有人清理过这里，就不应该有这么多毒死的丧尸——尸体不也是证据吗？为什么非要留下来给丧尸吃？又未必会被丧尸吃得一点都不剩。尸体应该和那些水杯什么的一起毁掉才对啊。"

"谁知道呢。反正这一下午我只看见丧尸了，现在看你都像丧尸。"丹砂不耐烦地把玩着乔先生送的地图。

正当丹砂百无聊赖，打算拿出最后一盒乔先生家的早餐便当时，扬声器——或者说雄黄，慢慢从丹砂的衣领里探了出来。

"你叫他出来的？"我问丹砂。

"不是，他自己要出来，我没管他而已。"

浑厚的男低音响了起来："有趣的气味，发现疑似。确认请求。"

我一个激灵，从椅背上直起了腰："有趣的气味？什么气味？毒药？"

"否。"

我又失望地瘫了回去。

丹砂接着我的话问道："不是毒药是什么？"

"同类的气息——出于理解方便考虑，该描述为不严密的比喻。"

我再度燃起了希望："也就是说，这个事件可能不是投毒案，而是和你相似的东西干的？"

"可能性中等。"

"那你刚才在村子里的时候怎么不直接告诉我们？"丹砂追问。

"疑似同类的信息接收采集范围确认不能。暴露危险，避免尝试……"

"停！"丹砂恼火地打断了雄黄。

我疑惑地看着丹砂。雄黄也停了下来，把扬声器凑到丹砂嘴边。

"你就不能好好说话吗？"丹砂一脸恼火地揪住扬声器，"颠三倒四的，听得人累死了！"

"……"长时间的停顿后，男低音再次响起："在可能……的内范……围力……尽为，而。"

这不是更乱了吗！

丹砂一脸威胁地盯着扬声器的前端。

"在……可能的范围内，尽力而为。"

丹砂摇了摇头："没听出来和之前有什么区别，不过态度还算不错。所以，同类的事，你为什么不早点告诉我？"

“避免——在疑似同类的，控制范围内，暴露。”

“也就是说现在我们已经在你那个同类的控制范围之外了？”我问。

“假定其确实为同类，则此处已经彻底离开其控制范围。”

“那好，我们怎么证实这玩意儿到底是不是你的同类？”我追问道。

“……”雄黄又沉默了一会儿，用前所未有的带着一点点亢奋的平板声音说道：“计划较为复杂，希望提供记录设备以便理解。”

根据雄黄的猜测，白天他的同类（如果确实是他的同类的话）之所以不向我们动手，是因为进入了休眠期，和他自己没接触到我的血、潜藏在男孩体内那个时候差不多。所以，要激活那个东西的最好办法，就是让我流血，把血溅到宿主身上。

问题是宿主在哪里。雄黄只能告诉我们他觉得气味最浓烈的地点——是没倒塌的房子中的一间。但那里只有两个丧尸，而且被丹砂解决了。假如宿主是丧尸的话，宿主死亡应该会直接把寄生者唤醒才对。但雄黄当时的感受却是，“同类的气味”既没有增强也没有消失，因此宿主应该跟那些丧尸没多大关系。

所以，雄黄给出的计划是，让我带个喷雾罐，往罐中的水里滴几滴我的血，然后在那间房子里喷个彻底。一旦激活他的“同类”，能交流就交流，交流不了就撤退。

丹砂错愕地问道：“就这样？”

“然。”

“复杂个鬼啊！”

“……”

我也皱着眉头问雄黄：“自爆病人的血到底怎么你们了，你们又是当成‘活性因素’又是当成‘觉醒因子’的，全都这么喜欢？说是激活，怎么激活的？”

“现阶段解释不能。”

我只好冲他翻白眼。

最终敲定的计划是，我和丹砂明天上午再去聚居点实行喷雾计划。今晚为了躲丧尸，就先把车停在村外过一夜。丹砂由于不能长时间活动，也得把身体的控制权交还给朱砂，先好好睡一觉再说。毕竟不知道雄黄的这位“同类”战力高低、性情如何，要是真打起来，丹砂累得动不了，那我们就万事休矣。

夜深了，朱砂和我把驾驶座和副驾驶座的椅背放平，打算将就一晚上。

“老大。”

“嗯？”我半睡半醒之间听到朱砂说话，心不在焉地应道。

“我想问你件事……”

“说吧。”

“我是不是……很没用？”

什么？

“我不能和雄黄说话，也不能用镰刀把僵尸一刀毙命……连助手的本职工作也不比丹砂做得好……我是不是太没用了？”

听了这话，我清醒过来，心情顿时有些复杂。说实话，相比朱砂，丹砂确实在打架上更胜一筹。拿触手和巨镰来跟手弩比，简直就是犯规；丹砂也不会在危急时刻吓得动弹不得，反而会怒气上头，爆发出更强的实力，却也不乏细致之处。

至于助手的本职工作，两人倒是没什么区别——当然，现阶段仅限给那个昏迷不醒的男孩打针。朱砂没有迟钝到把托盘摔了，丹砂也没有毛手毛脚到找不到血管，一言以蔽之就是，工作太简单，显示不出区别。但是要问和谁相处比较舒服，我得承认，朱砂才是我熟悉的那个助手。

我绞尽脑汁思考怎么把这种感觉告诉朱砂，却发现自己什么也说不出来。要是跟朱砂直说，根本过不了自己的羞耻心这一关；要拐弯抹角地说出来的话，先不说我怎么组织语言，朱砂能不能听明白还是个问题。

“果然老大也觉得丹砂更好吧。”朱砂眼泪汪汪地看着我。

“不不不，我……”

“那老大到底是怎么想的？”

“我……我……这个……我……”

没等我说出一个完整的词，朱砂已经小声抽泣起来了。

“你别哭啊……”我只能说出如此苍白的话语。

果不其然，话一出口，朱砂哭得更厉害了。

想不出任何能说出口的话，我只能伸过手去，试图拍拍朱砂的肩膀。不拍倒还好，这么一拍，朱砂彻底号啕大哭起来……

虽说助手跟着我已经很久了，但哭得这么厉害还是头一次。这种情况已经容不得羞耻心再从中作梗了，必须得想点什么帅气的台词出来——

“朱砂？”

“老……老大……”朱砂把擦眼泪的手从脸上拿下来，一边抽噎一边看我。

“朱砂就放心当好你自己就行了。”

“可是……”

“没有什么可是，朱砂就是朱砂，永远都是。”一般情况下，要是说出这种话，我已经先尴尬到死了，但现在显然不是顾及尴尬不尴尬的时候，“你永远都是我的助手，听见了吗？”

“嗯……嗯……”朱砂慢慢止住了哭声，只是刚才哭得太厉害了，抽噎得停不下来。

我俩都没再说话。某种意义上令人安心的沉默笼罩着整个车厢，只是时不时会被朱砂的抽噎声打断。直到一阵令人耳刺牙酸的抓挠声将沉默彻底打破。

朱砂透过车窗往外看了一眼，脸上有点变色。

“老大，是丧尸。大概有……七八个吧。”

看来是我俩刚才发出的响动把白天的漏网之鱼吸引过来了。我用询问的眼神看着朱砂。

“丹砂还在睡觉，我……我自己就可以！”朱砂深呼吸了几次，抓起了放在我俩中间的手弩，“这些丧尸算是……算是我引过来的……让我自己应付就好了。”

“老大，把车门打开一点点。”

我闻言把车门打开一条小缝，长着尖利指甲的乌青色的手立刻从缝隙里挤了进来，狠狠扒住车门。指甲和车门摩擦，发出让人浑身不舒服的刺耳声音。

朱砂从怀里掏出一个小小的喷雾罐，朝那只血管虬结的手上喷了一点。轻微的腐蚀声立刻响起，丧尸的手开始扭曲成不自然的形状，但并没有从门缝里移走。

“啧。”朱砂咂咂嘴，掏出另一个喷雾罐，又朝那只手上喷了一点。

这次，车门外传来刺耳的嚎叫声，锲而不舍的丧尸终于把手缩了回去。

顺带一提，第一个喷雾罐里装的是经过提纯的洁厕剂——其实就是YS117；而第二个罐子里装的则是DP632，一种老掉了牙的抗肿瘤化疗药物。

如果丧尸刚感染没多久，那只用YS117就足够了；而感染后期的丧尸会开始高分子化的进程，单纯的强酸强碱就不是很有效，非得用一些细胞毒性的药物不可——比如以DP632为代表的烷化剂。这算是我在实践中总结的一点点经验。

现在的人能活到肿瘤高发期的并不多，所以这些抗肿瘤药一般也用不上。话虽如此，从洁厕剂里提取的YS117还是比DP632方便得多。

趁着丧尸在外面干号，朱砂把手弩架到车门中间，扣动了扳机，然后迅速把弩身撤回来，合上车门。

外面传来耳熟的爆裂声，这样算是解决了一个——只要重复几次，区区几个丧尸完全不在话下。但朱砂选择了更加激进的战术，她装填好自己的手弩，然后抓起我的那柄插到自己的腰间。

“你要出去？”

“一个一个地处理太慢了嘛。”

“我也跟你——”

“老大就好好在车里看我的表现好了。”

这么几个丧尸，我倒确实不担心朱砂会出什么事。于是，在她给我发出信号之后，我按下了开门键。

没等朱砂迈出一步，一个丧尸就抓住开门的机会扑了进来。虽然来得势大力沉，但看不到车里情况的丧尸只能一下子扑倒在车门口的台阶前。朱砂一个正踢，丧尸飞了出去，重重摔在外面的沙地上，发出吃痛的哼唧声。

这声哼唧似乎是个信号。外面围着房车却无从下手的丧尸们纷纷掉转方向，跑向了房车车门。

“嗤——嗤。”两声轻响。丧尸群正中间的两只中箭，很快碎成一地。紧接着，朱砂抓起准备在手边的一捆注射器，从车里冲了出去。

丧尸虽然行动敏捷，但反应并不迅速。直到朱砂已经给左侧的一个丧尸打了一针，这些家伙才意识到，有什么东西从车里出来了。

“老大，关门！”

我按下车门开关的同时，朱砂开始朝她自己的左手边移动，跑离了还傻站在车门口的丧尸群。

车门的位置在车身右侧，相对来说靠近车头；朱砂轻轻巧巧地拐了两个弯，绕过了车的正面，到了车身左侧。这样，她和丧尸群被房车隔开来，丧尸就没法再用视觉捕捉她的行动，只能依赖嗅觉了。

大概是被朱砂的行动激怒了，被扎了一针的丧尸抬起头，高声嚎叫起来，引得其余的丧尸也有样学样，连被踢了一脚、趴在地上起不来的那只也跟着叫起来。一时之间，荒村之外一片鬼哭狼嚎。

按照一般丧尸的行动模式，这波嚎叫结束之时，就是他们发起总攻的时刻。而在他们“引吭高歌”的时间里，朱砂已经背靠着车头，给两把手弩上好了弩箭。

我在车里对朱砂比了一个大拇指。丧尸最大的优势是嗅觉灵敏，最大的弱点则是脑筋迟钝。二者结合起来的结果，就是所有的丧尸都只会按照最短距离发起突击——也就是说，他们不会包抄，只会沿着朱砂刚刚跑过的轨迹，绕过车头，再一股脑地朝朱砂蜂拥而上。

刚刚被扎了针的丧尸终于收声，开始做出一副摩拳擦掌的样子，准备按照和朱砂同样的路线绕过车头，带领残部发起总攻——然后华丽地炸成了碎片。注射器的内容物和特制弩箭上涂的东西差不多，只不过是加了一点稳定剂，使其延时起效而已。

站着的四个丧尸丝毫不为所动，纷纷迈开双腿，飞奔而去。看着这些家伙在挡风玻璃前面随风奔跑的英姿，我只能在心里默默为他们祈祷了。

“嗤——嗤。”接着又是一声闷响，剩下两个丧尸中的一个被踢飞，还把自己身后那个也压倒了。朱砂抓紧时间冲上前去，弯腰给两个丧尸一人补了一针，然后用尽力气飞奔回车门一侧——丧尸病倒不通过自爆传染，只是被丧尸碎片糊满全身的感受实在有点糟糕。

“嘭——嘭——嘭嘭！”车头左侧炸开四朵血花。

“老大，任务完成，赶紧给我开——啊!!!”朱砂尖利的惨叫声划破夜空。我一拳捶在车门开关上，抓起棒球棍下了车，映入眼帘的景象却是——

一开始被朱砂踢飞的那个丧尸还没爬起来，一直躺在车门前面哼哼唧唧，结果把不看路的朱砂绊了一下，吓得她一屁股坐到了地上。丧尸自己似乎也有点发蒙，不知道到底是该爬过去还是应该先站起来。

我在心里叹了口气，抬起棒球棍，狠狠地朝丧尸的脑袋砸了下去，然后把糊了一身丧尸血的朱砂拉了起来。

朱砂愣了几秒钟，突然委屈巴巴地哭了出来：“我……我看漏了一只……”

我只能拍拍她的背安慰道：“好啦好啦，你已经干得不错了，赶紧上车洗澡吧。”

“嗯，呜呜……”朱砂脱了脏衣服，拉上了浴室的帘子，水声响了起来。

虽说白天被丹砂砍了一波，晚上这几个应该是这一带仅存的丧尸了，不过，为了以防万一，我还是往空地上扔了一块腐肉，然后发动房车，打算开到稍远一些的地方。刚才这一番打斗，再加上那些丧尸的号叫，说不定会把更远处的丧尸也招惹过来，更别提满地的血腥味儿了。

我自己的衣服也是一塌糊涂，不过洗澡这种事情一定是助手优先，这是我俩一直以来的潜规则。要是我不遵守，不知道她会不会趁我熟睡的时候，给我屁股上来一针生理盐水。

我把车停到聚居点靠近河流一侧的围墙下面。车刚停稳，朱砂裹着浴巾从后面走了过来。

“怎么了？没有换洗衣服了？”

“不是……”朱砂忸怩地说。

“那是怎么了？”

朱砂的头发用毛巾包着，脸颊红扑扑的，胸前虽然一马平川，不过好歹也算是在浴巾下面若隐若现，用来遮挡的浴巾还有点湿。不仅如此，朱砂的身上还传来一股清爽的香气，和我身上的血腥味极不相称……

“香皂被我用光了。”

“——喂！”

我大概在浴帘后面用水搓了一个半小时，身上的血腥味还是挥之不去。

“老大，你歇会儿吧，实在不行，我们开回清泉镇去买点肥皂。”

“不行！半夜三更的哪家商店会开门啊！”我坐在浴室里的小凳子上气急败坏地吼道。

“试试消毒液？”

“你想谋杀我吗！”

“要不然喷点空气清新剂算了？”

“我拒绝！”

“对了，洗衣粉怎么样？”

听到洗衣粉这个词，我彻底陷入了绝望，咬着嘴唇，流下了悔恨的泪水。“就这个吧……”

洗衣粉的效果可以说是立竿见影。唯一的问题是，用它洗完澡之后，浑身的皮肤就像被砂纸磨了一样，又红又热，连和衣服发生摩擦都觉得疼。我小心翼翼地穿上衣服（即使这样还是被衣服磨得龇牙咧嘴），走到驾驶座旁。

昏昏欲睡的朱砂揉了揉眼睛说：“老大你洗完啦？”

“洗完了。”

“好香。”

“废话。”

朱砂盯着我的脸看了一会儿，问我：“老大，你的脸怎么这么红？”

我没好气地应道：“下次你试试用洗衣粉洗脸，保证比我还红。”

“老大……生我气了？”

我脸一红（虽然根本就看不出来）道：“这倒不至于。”

“老大你别生气吧……”

我沮丧地躺到驾驶位上说：“真没生你的气啦，赶紧睡吧——

对了，你帮我拿……算了算了，我自己去吧。”

“要拿什么啊？”

“凡士林。”

朱砂的脸一下红了：“老大老大老大……你……你要干什么啊？”

这家伙什么时候懂这么多了?!

“用洗衣粉洗澡之后，不往身上涂点凡士林会浑身开裂而死的。”我一边拿着凡士林往浴室走，一边心不在焉地吓唬她。

“欸——”

“开玩笑，开玩笑的啦。”

“什么嘛！”

不好，玩笑开过头，似乎把朱砂弄生气了。涂完凡士林，用可可味压缩饼干向她赔罪吧。

我坐在浴室里的小板凳上，衣服刚脱到一半，朱砂就哗的一声把浴帘拉开了。

“等下，我脱衣服呢——喂！”

定睛一看，拉开浴帘的不是朱砂，而是丹砂。我暗叫不好。

“据说用洗衣粉洗完澡的人，不涂些凡士林，会浑身开裂而死的哦？”

“那是玩笑啦，玩笑！”

“那我就不知道了。反正朱砂是这么跟我说的，还拜托我帮你涂，她说，就当是把香皂用光的赔礼道歉了。”丹砂的红瞳里闪烁出妖艳的光泽。

车厢中间的灯光从丹砂身后打过来，我整个人都被笼罩在丹砂巨大的阴影之下。

“你……你……你不要过来啊——”

在我的拼死抵抗之下，丹砂终于同意，由我处理自己双手够得到的一切位置，只有后背交给她全权负责。我把浴帘拉得死死的，一半因为疼痛一半因为不好意思，把刚刚匆忙套在身上的上衣战战兢兢地脱了下来。

浴帘不自然地抖动起来，中间的缝隙里冒出一只鲜红色的眼睛。

“你给我回驾驶室待着去！”

“好，好，不打扰你脱衣服了——”丹砂的声音渐渐远了。

浴室角落里的洗衣粉包装袋上写着“强力去污”。我手上涂着凡士林，心里恨恨地念叨着这几个字。这东西何止是去污，简直是把我的半层皮都给去了。要是没有凡士林，天知道我第二天早上会不会真的被衣服磨得浑身开裂。

要是助手是个男的就好了，那样我就能肆无忌惮地脱了衣服睡了——想着这种没头没脑的事，我终于把自己的胸前和四肢用凡士林涂了个遍。

穿上裤子之后，我试图把手反过去，给背上也涂一点，不过还真的做不到。倒不是说我的手碰不到自己的背，而是胳膊扭成奇怪的角度之后，摩擦着的两片皮肤上依旧会传来凡士林也无能为力的剧痛。

我有气无力地冲着外面喊道：“丹砂，过来帮我吧。”

“来了哦！”兴高采烈的声音。

我还没做好心理准备，丹砂再次气势豪迈地把浴帘拉开：“久等了！丹砂的夜间特别服务，现——在——开——始——！”

我把凡士林递给丹砂，然后背对着她，面朝车尾坐好。左肩突然一凉。别人的手和自己的手，触感差得真不是一星半点。丹砂的手蘸着凡士林，在我的左肩上画圈。

疼，但是又有点痒。

“这个力度可以吧？”

“可……可以。”

等了一会儿，丹砂的手还停留在左肩上，没有移动的意思。

“这个，左肩差不多了吧，该涂右边了。”

“嗯。”丹砂含混地应了一声，开始慢慢把手往右边移，手指力度适中地在我的脖颈上游走。

万幸刚刚用洗衣粉洗过一遍澡，现在浑身上下都痛；要是情境切换一下，不是在车里，而是在沙滩上，我躺在阳伞下面，身下是被阳光晒得炽热的沙滩，丹砂用双手帮我涂防晒油……

“想什么呢？”丹砂突然用特有的温柔声音问道。

“噫！”我打了个冷战。难不成丹砂能借助雄黄，通过接触来读取我的思想？

“怎么吓成这样啊？”丹砂似乎觉得有点无趣。

“没……没什么。”看来至少现在还做不到读取思想什么的。

即使这样也不能放松警惕。我死盯着淋浴喷头的调节阀看，努力排除脑子里的杂念。

“稍微弯弯腰？”

我照丹砂说的，弯下了腰。

被凡士林包裹着的冰凉手指从我热得发痛的脊背上一划而过，我勉强忍住已经到了嘴边的呻吟声。锋利而短暂的触感既不像疼痛，也不像瘙痒，含糊得让人头晕。

“别……”

“别什么？”丹砂凑到我耳边，用那种吹气似的声音问道。

“别……别划那么快。疼。”

“遵命。”嘴上说着遵命，丹砂的手指却逆着刚才的路径，从我的腰间一直滑上后颈。

“嘶——”我倒抽了一口凉气，这次的感觉和之前差不太多，但确实有点痛。

“啊，不好意思不好意思，接下来是赔罪。”

整只涂满凡士林的手掌沿着我的脊椎一路向下滑动，仿佛即将冬眠的小熊怜爱地舔舐最后一点点蜂蜜一般恋恋不舍。我终于没忍住，发出了一声叹息。

“很舒服？”

“……嗯。”知道瞒不过丹砂，我只能老实承认。

“既然老大这么听话，就不捉弄你了。”

之后，丹砂果真没再搞什么花样，开始认认真真地往我的背上涂凡士林。

大概涂了整个背部的三分之二吧，丹砂的手突然停了。

“怎么了？”我竭力隐藏自己声音里的意犹未尽。

“凡士林没有了。”

“哦，冰箱里还有，就在冷藏层的第三个——”

丹砂再次凑到我耳边：“老大，其实凡士林也只是润滑剂，涂在皮肤上代替原来的保护层，没有什么额外的作用对吧？”

“这倒是……没错。”

“那我就不用费力再跑一趟了。”

“欸……啊——欸?！”

我的脑海中闪过某种可能性——而这种可能性在我能将其用话语表达出来之前，就成为现实。尾骨上方传来某种不同于人类手部的滑溜溜的东西反复摩擦的触感。

“——雄黄?！”

“提请注意，请勿乱动。另，进行此种行为之原因是宿主压力，迫不得已，不要误解切望。”

“滚啊——！”我绝望的怒吼伴随着丹砂的狂笑，回荡在狭小的浴室里。

幸亏丹砂只是闹着玩，最后还是好好地拿了一管凡士林，帮我涂完了剩下的三分之一个后背。

“完成！”

我身心俱疲，坐在板凳上长出一口气。今晚这算是什么啊，变相拷问吗?！问题是这拷问也没个主题，倒是告诉我你想听什么啊！你想听什么我都说啊!！在心里把今晚的事情从头到尾吐槽了一遍，我疲惫地站起身来。

“哟，老大，这么快就恢复了？”

“别闹。我今天就不穿上衣，上楼睡了。”

房车二楼的天花板太矮，一般只用作仓库。行军床倒是有两张。

“晚安，我也睡了。明天还有正事要办呢。”丹砂也打了个哈欠。

我心头一凛，不过再怎么着，此刻也敌不过睡意，而且是一直紧绷的精神放松之后升起来的睡意。我随便拽了一张毛绒毯子，步履沉重地上了二楼。

“老大，晚安。”楼下传来的声音带着点害羞。已经变回朱砂了吗！

“晚安。”我用毯子把自己裹成一团，边打哈欠边躺到了行军床上。

半睡半醒之间，我突然想到一件事。虽然香皂是用光了，可浴室里还有一瓶洗发水啊！！！我放弃了思考，绝望地用毯子盖住脑袋，全心全意祈求自己赶紧入睡。

不知是不是头天晚上折腾得过了头，直到朱砂上楼来把我摇醒，我一直睡得很死，连梦都没做一个。

“老大，起——床——啦——！”

“啊？嗯，让我再睡五分钟……”

“你已经睡了三个五分钟了！”

“就……五分……钟……”

“起来！！！”朱砂朝着我的肚子痛击一拳，直接打得我坐了起来。

“痛痛痛……现在几点？”

“九点半了！”朱砂气鼓鼓地回答我。

“嗯……啊，九点半啊……”

“不是说好要回聚居点找雄黄的那个同类吗？”

“唔，没错没错——你先下楼吧，我换了衣服就过去。”

毕竟我只是睡过头了而已，朱砂的心情很快就变好了。给男孩换了一瓶PTT66之后，吃光了乔先生家便当的我俩，回归到一日三餐都吃压缩饼干的日常生活里。

“要是在清泉镇买点吃的就好了。”朱砂的抱怨并不怎么走心。

我喝了一口净化水，说道：“没办法，在清泉镇总共待了不到两天，乱七八糟的事比去年一年都多，哪有时间买吃的啊。”

朱砂点点头，接着对付自己手里的那块压缩饼干。

吃完了东西的我被朱砂抽了一点点血。虽然抽血制备弩箭是家常便饭，不过把我的血装到喷雾罐里，不管是对我还是对朱砂，都是头一次。朱砂用力把罐里的东西摇匀。透过塑料，里面的液体显出淡淡的黄色。

“要不要多弄几瓶？”朱砂问我。

“把抽出来的血都用了吧。”

等到朱砂弄出了八小瓶喷雾，把身体的控制权让给丹砂之后，已经快11点了。

“雄黄是先藏起来，还是跟着我们一起大摇大摆地过去？”

丹砂好像在听某种我听不到的声波一样，把眼睛闭了起来。过了一会儿，她睁开红色的双目，对我说道：“我们过去的时候雄黄先藏着，等到那个同类现身了，我再把他放出来。”

意料之中的答复。

聚居点的围墙早就千疮百孔了，靠近河流的这边也不例外。

我和丹砂走了不出十米，就从倒塌的围墙中间穿了过去，直接来到了雄黄所说的“气味最强烈”的那幢危房前面。

我咽了一口唾沫。初遇雄黄时的场景仍然历历在目，要是今天还来这么一出，我恐怕就要精神崩溃了。丹砂抢在我之前推开房门，走了进去。我紧随其后。

房间里仍然弥漫着刺鼻的血腥味。头一天被丹砂斩断的丧尸依旧保持着当时的形状，从他们体内流出的黏稠黑血浸透了污黄色的地板。

丹砂捏着鼻子，从衣兜里拿出塑料喷雾罐，扭头看向我。我对她点了点头。对着房间深处，丹砂用力按下喷雾罐的开关。直到整罐液体喷光，房间里也没发生任何异常。

“再喷一罐？”丹砂随手把空罐子扔在地上，又掏出一瓶来。

“嗯。”

于是我俩像是要为房间驱虫一样，跑遍了整栋房子，冲着每个能看见的角落喷个不停。等到只剩最后一瓶的时候，整个房子已经被我们喷了个遍。

而房子里唯一肉眼可见的变化，是阳光下面浮动着的灰尘被水雾给压了下去，看起来干净了不少。

“要不要把雄黄叫出来？”我小声问丹砂。

“我问问……切，该死，他不回我。”

“那大概就是不想出来的意思吧。”

“现在怎么办？走人？”

我耸了耸肩：“再等个十分钟吧，要是还没反应，我们就走。”

于是我俩百无聊赖地等了十分钟。我抱着胸抖腿，目光漫无目的地在房间里扫过来扫过去；丹砂不耐烦地在各个房间之间来回走动，翻箱倒柜，试图找到些证明变化发生了的线索。

十分钟后。

“走吧。”

“嗯。”

我俩垂头丧气地出了房子的大门。

“所以现在只能老老实实地回去告诉那个老浑蛋‘对不起，我俩什么也没找到，要杀要剐您请便’？”

丹砂说得不好听，但道理没错。如果无功而返，先不说我俩白跑的这一趟，最大的问题恐怕是过不去乔先生那一关。

“先回房车，再想办法吧。”这是我在当下能给出的最现实的方案了。

丹砂迈出一只脚，不快地踢飞了房门口的一块瓦砾。进了房车，丹砂立刻冲着自己空荡荡的衣领吼道：“雄黄，你给我滚出来！”

没反应。

“雄黄？”衣领处仍旧毫无变化，似乎从一开始，那根用青紫色触手连接着的扬声器就是妄想。

我问道：“怎么回事？还是不理你？”

“不知道……不应该这样啊。”

“雄黄！滚出来！！听见没有，给我滚出来！！！”丹砂的吼叫声彻底归于寂静后，车厢里只剩下令人坐立不安的沉默。

“要不我们先……”

丹砂突然用罕见的迟疑声调打断了我：“老大，你先不要说话好不好，我……有点困。”

“困？”

难道是昨晚闹得太厉害，睡眠不足导致没有休息好？然而，眼前的景象显然超出了“没休息好”的范畴。

“不好……意思，我……先睡了……”扑通一声，丹砂像被什么东西抽空了一样，干脆利落地倒在了我面前。

还没来得及做出任何反应，一阵猛烈的睡意同样朝我袭来。伴随而来的还有强烈的虚弱感，手脚重得不像自己身上的东西。难道说杀人于无形的，真的不是什么雄黄的同类，而是延时发作，或者遇血反应的毒药？

我用力咬住下嘴唇，防止自己昏睡过去，血腥味在口中弥漫开来。身后就是冰箱，只要能转过身去就还有救。为了方便，我一向把抢救用的药物放在最外层。

然而双腿仅剩的力气只够勉强维持身体的平衡了。如果现在转移重心，我一定会步丹砂的后尘，直接倒在地上，失去知觉。

牙齿深深嵌入嘴唇。下巴上有液体滑过的感觉。我尽力维持身体平衡，一只手扶着车厢内壁，像是踩在针山上一样，用尽力气完成了转身。

冰箱门理所当然地关着，我费力地把手放到门把手上，试着拉了一下——整个冰箱门就像焊死了一样，任我如何用力，就是纹丝不动。我心里清楚，冰箱门没有任何变化，变化的是我自己。就凭我现在身上这点力气，一个小小的冰箱门也和天堑无异。

雪上加霜的是，睡意一波比一波强烈。如果说手脚重得不像自己身上的东西，那我现在的嘴唇就和完全消失了没什么两样，不管怎么用力咬下去，竟然一点痛觉都没有，只有海浪一般的睡意不断冲刷着逐渐稀薄的意识。

我再次尝试打开冰箱门。随着力量的消失，眼前的景物开始模糊。我改用两手抓住冰箱门把手。

开啊！冰箱门漠然对我报以冰冷的拒绝。

我的两条腿连支撑身体都快做不到了，已经抖了起来。——给我开啊!!

我把心一横，干脆不再维持平衡，把所有的意识都集中在握着门把手的双手上，然后任由身体向后倒去——我的后脑勺重重地撞上了车厢内壁。除了更加强烈的眩晕感，居然并不怎么疼。

与此同时，冰箱门应声而开，里面的药塞得太满，有一些掉了出来。一支圆形的笔状物滚到了左手边，是一支盖子被摔掉了的……3SK9 注射笔（3SK9，一种大灾变前的药物，普遍用于各种原因引起的心脏骤停，而进行心肺复苏的抢救用药）。

我怔了几秒，虽然一点声音也发不出，还是无声地喜极而泣起来。我用颤抖着的左手抓住笔身，咬去另一端的激活装置，一边感谢不知身处何方的神明，一边集中仅剩的最后一点精神，拼尽全力，把注射笔戳进了自己的右臂。

然而还没完。3SK9 较为常见的使用方式是皮下注射，从注射到起效，大概需要三到五分钟。而像我这样用 3SK9 注射笔做肌肉注射，按理来说应当“很快起效”。然而，我现在还是觉得困——致死性的困倦。

难道没用？还是说，由于情况特殊，起效的速度变慢，即使肌肉注射也要等个五分钟？对现在的我来说，这不是五分钟，是五年，是五个世纪，是五次从地球到半人马座 α 星的往返旅行。我不敢确定，现在一旦睡去，自己还能不能醒来。

在后悔把本来不需要冷藏的 3SK9 注射笔放进冰箱之后，我唯一能做的，只有接着给自己制造更大的疼痛这一件事。

地上还有些空着的注射器。我昏昏欲睡，同时心急如焚地数了十五秒，把注射笔从胳膊上拔了下来，扔到一边。我抓起一袋没开封的空注射器，咬去包装袋，盯着明晃晃的针头看了几秒钟——用颤抖着的左手，把针头戳进了自己的人中。

痛感如同一柄没有道理可讲的巨大铁锤，势如迅雷一般，整个轰到了我的脸上。

伴随着激烈到让人耳鸣的剧痛，我从心底里升起一股安心感。看来暂时不用担心昏睡过去的问题了。

星际往返旅行还没进行到第二个来回，我突然感觉身上的力气恢复了一点。我试着出声：“啊——”起效了。

我不顾还在发软的两腿，连滚带爬地挣扎到冰箱前，抓起另一支 3SK9 注射笔，拔去激活装置，扎进了助手的大腿。助手的身体颤抖了一下，过了不一会儿，胸部原本微弱的起伏也稍微变强了一点。

我咬着破破烂烂、还在不断出血的嘴唇，拼命抑制在眼眶里打转的泪水。3SK9注射过量的感觉也渐渐浮现出来。心脏猛烈地跳动着，恶心感一阵接着一阵，整个脑袋的感觉从晕变成了痛，大概是高血压的症状吧。然而这总比不明不白地睡倒过去，连能不能醒过来都不知道要强得多。

给自己做了必要的处理之后，我把助手搬上了男孩旁边的床，然后一屁股坐到了一边的椅子上。现在还不是放心的时候，我脑子里开始盘算，如果助手一时半会儿醒不过来应该怎么办，应该用什么措施，注射什么药。

不过，这次我的担心总算没有变成现实。几乎在我坐下的同时，助手缓缓睁开了棕褐色的双眸，迷茫地看着我的脸，眼神好半天才对上焦。

“老……大……？”

我伏到朱砂身上，耸着肩痛哭起来，自己也说不清是为什么。

有点不知所措的朱砂愣了一会儿，温柔地抱住我的脖子，用空出来的另一只手抚摸着我乱糟糟的头发，轻声说道：“哭吧，哭吧。我们都没事。老大和我都没事，哭出来就好啦。”

如果可能的话，我真想永远伏在这里，再也不去管清泉镇里那些尔虞我诈的烂事，雄黄之类的异型也让它们自生自灭好了。我只要能和助手一直在一起——可惜，现实并不允许我这么做。

我泪眼迷蒙地直起腰来，使劲用手背擦了擦眼睛，说：“我哭够了，来说正事吧。”

“嗯。”朱砂也从床上支起身来，把枕头竖着放到自己背后。

“现在能把丹砂叫出来吗？虽然对不起你，但是必须得确认一下雄黄的状况。”

“我试试——可以的。丹砂虽然困，但交换控制权还是没问题。”

“那就麻烦你们了。”

朱砂闭上双眼，几秒钟后，瞳色又从我熟悉的棕褐变成鲜红。

“哟。”我抬起手，算是跟丹砂打招呼。

丹砂显然还没从昏迷中缓过神来，心神不宁地跟我点了点头。

“我哭相挺难看的吧？”

“噗。”再怎么心神不宁，丹砂还是笑了出来。能笑出来就算是好事。

“所以雄黄现在怎么样了？”

“给我的反应仍然很微弱，但好歹算是有了。还不能变成扬声器的样子伸出来，不过稍微等一会儿应该就可以了。”

我递给丹砂一瓶柠檬味汽水道：“喝了吧，补充点体力。”

“谢了。”丹砂拧开瓶盖，咕嘟咕嘟地灌了起来。

居然没抱怨“怎么是柠檬味”，看来刚才的事情对丹砂的冲击真的不小。

“现在可以叫雄黄出来了吗？”我等丹砂把一整瓶汽水都喝光之后问道。

“急什么。”恢复了这种说话方式的丹砂，精神上的冲击应该也缓解了不少吧。

“先不说雄黄的事。你刚才除了困，还有别的感觉吗？”

“嗯……怎么说呢，主要的感觉就是困吧，困到站都站不住的那种。非要说有什么其他症状的话，那就是腿发软，身上一点力气也没有。”

“和我的症状没什么区别啊。”

“区别大了。要是我们的症状完全一致，你和我在车门口倒在一起，现在就双双见阎王去了。”

“这算是夸我咯？”

“算是吧。”丹砂白了我一眼道，“当然，我觉得更大的可能是你的症状比我的轻。”

我苦笑道：“总之你没事就好。”

“我看是‘朱砂没事就好’吧！你这家伙，对待我俩的温度差可真不小。”

“欸?！你刚才……没睡？”

丹砂终于完全恢复了平日里那种一半挑衅一半挑逗的表情：“没睡啊。朱砂一醒，我就跟着醒过来了。虽然还是困得要死，不过一个大男人在自己身上又是鼻涕又是眼泪的，哭得一塌糊涂，不管换成谁都要恶心得清醒过来了吧。”

我举起双手表示投降——虽说就算知道丹砂醒着，我恐怕也要哭一场，不过再怎么说，这也太尴尬了点。

“行啦，瞧你那没出息的样儿。雄黄似乎能出来了，你等一下。”

一条软趴趴的触手从衣领里伸了出来，前端的扬声器像一截烂线头一样垂在丹砂胸前。

“雄黄，中午好啊。”

有气无力的男低音响了起来：“完全不好。”

“不跟你扯皮了，能跟我们解释一下刚才是什么情况吗？让我俩昏倒的到底是不是你的同类？”

“然。”

我凑近扬声器：“可以确定？”

“确定。”

“那怎么没见触手？难道你这个同类还能隐形？”

如果雄黄的这根触手上有眼睛，他一定在翻白眼。

“该问题过于愚蠢。同类并非同形的同义词。”

“我蠢也好怎么也好，能不能请你解释一下？”

“此寄生体缺乏宏观形态，以气溶胶形态散布在空气中——必须承认，该认识是在其被觉醒因子激活后获得的。”

“也就是说，你的这个同类跟在空气中传播的细菌、病毒甚至是毒气一类的东西差不多？我们之前没有症状的原因是它没有被激活，今天它一被激活，很快就起效了？”

“然。”

“那它寄生在我们身上了吗？”

“宿主体内的寄生体已被彻底清除。”

“助手体内？你清除的？”

“然。尽管清除尝试于初期受到寄生体压制，宿主应激反应开始后，清除进程随之开始，现已完全结束。”

“那我呢？”

雄黄沉默了一会儿，说道：“由觉醒因子尚存活之结果倒推，寄生已被清除，原因不明。”

虽然预想过这样的结果，听到雄黄的亲口证实，我还是出了一身冷汗：“你的意思是，要是我不给自己和助手打那一针3SK9，恐怕现在我和助手都已经死了？”

“然。”

一直没说话的丹砂张了张嘴，似乎想说什么，但终究没说出口。

“对了，你的这个同类像你一样有意识吗？”

“意识？”轮到雄黄来反问我，这倒是头一次。

“对啊，你不就和我们一样有意识吗？”

“理解不能。”

“那我换种说法，意识也就是所谓的‘自我’，这个你总明白吧？说到底就是所谓的‘我’嘛。”话一出口，我突然想到了什么。

“‘我’一词作为第一人称代词的用法理解。其余理解不能。”

“这么说来，你从来没有用过自称，不管是‘我’还是‘自己’，你甚至连‘本机’这种词都没说出口过？”

“事实准确无误。理解不能。”

虽然这件事追究下去大概能知道些别的什么，但那就离题太远了。

“我再换种问法。你的那个同类能像你一样讲话吗？能像你一样和我们闲聊吗？”

“否。”

“即便这样还是你的同类？你凭什么断定的？”

“解释不能……”

我叹了口气，看来这家伙虽然懂得一大堆“人中白”“人中黄”一类的冷门知识，却对自己是个什么东西一无所知。

“这个同类和你一样，几乎杀掉了一整个聚居点里的人，它为什么要这么做？仅仅是因为暴走了？”我接着问道。

雄黄的声音听起来终于精神了一点：“于被激活时发生的大量杀人，其主要原因为失控暴走无误。唯前日未更换宿主时，由于持续之暴走行为，所有尸体均被吸收，即便如此，仍旧难以供给大量攻击行为所致的能量消耗，因而几乎导致了原初宿主的死亡。”

这段话听得我一头雾水：“你的意思是，我们一开始遇到你的时候，你自己暴走了，所以把那个聚居点里所有人的尸体都吸收了，转化成了自己的能量？”

“然。”

吸收得可真是……够干净的。

“那你这个同类和你一样，也暴走了？”

“否。适才被清除之寄生体所导致之症状，据推测，其目的并非掠夺能量，而是抑制个体攻击行为的发生。”

啥？抑制攻击行为？

“据刚刚收集的寄生体信息，当寄生体活性较强时，携带者死亡后，该寄生体有加速尸体溶解、催化高分子降解的倾向。”

溶解？高分子降解？

我用力拍了拍脑袋，对雄黄说："虽然听起来很扯，但你觉不觉得，你这个同类简直像是在专门对付丧尸病一样？"

"该假设与现有材料不矛盾。"

"所以……你的这个同类，可能是被创造出来……对付丧尸病的东西?！"

"猜想可能性未知，但不为零。"

我一时张口结舌。

见我和雄黄都不再说话，丹砂终于开了口："老大的意思是说，雄黄这个同类是人造的？"

"然。"雄黄替我答道。

"那你既然是它的同类，你不也是人造……"

丹砂代替我问出了这个问题。

雄黄干脆地回答道："分析不能。"

丹砂还想追问，我拍了拍她的肩膀，示意不要接着问下去了。假如雄黄真是人工设计的产物，恐怕从一开始它就没有关于"自我"这种概念的建构吧。就算再怎么穷追猛打，它也给不出答案的，没准还会问出Bug来。万一出了Bug之后它要大开杀戒，我和丹砂就只能自认倒霉了。

"那你这个同类，现在还在这片废墟里盘踞着？而且是处于已激活的状态？"我抛出最后一个问题。

"然。"

"如果没有你的话，一旦被它寄生，下场就只有死吧？"

雄黄迟疑了一下，答道：“然。事实上，即使身为宿主，也无把握能清除同类之寄生体。”

我点头。雄黄是在助手被我打了一针3SK9、恢复意识之后才清除掉寄生体的，要是助手一直昏睡下去，恐怕最后也只有死路一条。

“换句话说，你现在面对这个同类是无能为力的？”

“然……”

这就麻烦了。

我的想法是，先回清泉镇，把情况报告给乔先生——当然，人工产物和雄黄什么的肯定要瞒过去。毕竟调查是他交给我的任务，现在既然查出了部分原因，又遇到了单凭我和助理没法处理的问题，回去找他似乎合情合理。尽管细节他肯定不懂，但在危险区周围剿一剿丧尸、阻止人员进入之类的事，凭乔先生的实力，应当是不在话下。只要把这段时间拖延过去，那个生物就又会进入休眠期。

而且，既然不是投毒而是某种寄生物，乔先生要洗脱别人栽赃给自己的罪名也就理直气壮了——虽然他没否认夜枭的其他指控，但至少没下作到投毒杀人的地步，不知为何，这让我有点欣慰。

雄黄没有什么特别的想法，在得知我不会告诉乔先生自己的存在后，表示支持先回清泉镇。丹砂倒是一直不大赞同回去找乔先生这个主意，但又没有更好的办法，最后烦躁地两手一摊，表示不再过问此事。

因此，作为商议的最终结果，我启动房车，驶向了清泉镇，把一片死寂的聚居点废墟抛到了身后。

抵达清泉镇时天还没黑。我决定直接去找乔先生，刚把车开到了乔先生家院子门口，却被男仆挡住了。

“乔先生今天身体不适，早早睡了，医生先回去吧，有事请明早再来。”

我愕然：太阳还没下山，人就睡了？

男仆的态度并不粗暴，但坚定得吓人，一副严防死守的架势，我只能暂时把车开回清泉镇广场西侧的常驻地。

“这死老头子，今天连饭都不送了吗？”也不知道丹砂说的死老头子到底是乔先生，还是那个男仆，不过都没差。

“要不你下去买点东西吃吧。顺便给我带点，市场还没散呢。”

丹砂的眼睛亮了起来：“那我走了！”

“等等，你自己去？要不还是换朱砂——”

“多管闲事！”

我在心里默祷小贩们生意兴隆，不要在丹砂这家伙的气势压制下从原来的半价改成白送。

丹砂买回来的是烤肉和烤章鱼，闻到了香气的我大喜过望。之前我们在清泉镇的时候，每次让助手出去买吃的，她总能带一大堆蔬菜回来。倒不是说蔬菜不好，但是闻着车外弥漫的食物香气，嘴里却只能嚼胡萝卜，这就很让人崩溃。

在清泉镇这种内陆地区能买到章鱼也很让人摸不着头脑，但既然有，那吃就是了。虽然嚼着嚼着就能想起雄黄的样子来，未免让人有些食不知味，不过就算心理上有点障碍，这玩意儿比胡萝卜和压缩饼干好吃还是毫无疑问的。

丹砂打了个饱嗝，对我说道："等会儿去医院一趟吧。"

我有点没反应过来，问："你是说清泉镇医院？"

"我刚刚从那边路过，整栋楼一点光都没有，感觉很可疑啊。"

"上次去的时候里面不也是黑灯瞎火吗。"

"不一样的。上次二楼的病房和办公室之类的起码还亮着灯，这次我特意看了一眼，连二楼也是黑漆漆一片，一点活人的气息都没有。"

"是不是乔先生对寒鸦他们动手了，或者寒鸦察觉到了危险，已经跑了？如果是这样的话，下午乔先生不见我，可能就是在对付寒鸦和抵抗组织。"

丹砂听了我的话反倒兴奋起来："那就更该去一趟了！死老头不见你，说明事情没完，没准寒鸦正埋伏在医院里准备伏击呢！再不去就晚了！"

我哭笑不得地打断她的兴致，问道："你去了准备帮谁？"

丹砂事不关己一样把两手一摊："帮谁都行，我有架打就高兴。"

"那要是两边一起打你呢？"

"更好啊。正好我觉得乔剑豪有点太老，水平肯定不如他年轻的时候，打起来未必过瘾。"

我发自肺腑地长叹一声，丹砂怎么比朱砂还一根筋啊！我无奈地道："你是打过瘾了，那我呢？朱砂呢？你把自己弄伤了就是把朱砂弄伤了，你要是一个不注意被捅了，朱砂可就跟着没命了！"

丹砂大概是没法反驳，只能抱怨道："可是你现在这么一搞，我根本没架可打了呀！"

"所以归根结底你就是想打架了？"

"你这么理解也不是不行。"

我气得笑了起来，说："那好，这么着吧，我明天找乔先生的时候问问他肯不肯跟你打。"

"一言为定，明天就去问。你可别想唬我。"丹砂像是抓住我的什么口误一样，赶紧把话说死。

我本来只是随口一说，被丹砂这么一挖苦，反倒不得不替她问一声了。好在乔先生似乎也对丹砂感兴趣，如果他们真能友好切磋一下，倒也不坏。只是乔先生不知道丹砂和朱砂是一个人，两人一打照面，所谓"齐人之福"恐怕就要露馅……虽然他大概不会为了这种闲事生气，不过又要解释又要掩饰，还是好麻烦啊。

反观丹砂，已经哼着歌儿去给车后面的男孩换药去了。

第二天早上，我本来的打算是，既然要找乔先生切磋，那就不如把丹砂带过去，早点告诉乔先生其实丹砂是"性格大变的助手"。结果丹砂说什么也不愿意去，还直接宣称自己没睡够，把朱砂推了出来，自己回去睡了。本来就怕乔先生的朱砂更是死活不去，我只好再次一个人走去乔先生家。

这次男仆没有拦我，直接引我进了书房。

“平榛医生来了？”乔先生放下茶杯，抬头跟我致意，看起来是吃过饭了。

幸亏我出发前犹豫了半天，还是吃饱了才出的门。

“昨晚您睡得早，我就今天过来跟您汇报一下调查出来的结果。”

“坐下说话。”乔先生指了指椅子。

我坐下后，单刀直入地跟乔先生说道：“根据我现在掌握的信息，导致惨案的原因确实不是投毒，而是……一种疾病。”

乔先生颇感兴趣地眯起了眼睛：“疾病？我原本还以为是寒鸦那家伙为了栽赃我搞出来的事情呢。看来他倒没那么蠢。”

我苦笑道：“寒鸦就算再蠢，也不会傻到替您把眼中钉拔了吧。”这句话没过脑子就说出了口，我有点后悔，似乎太露骨了。

果然，乔先生不再看我，而是闭上眼睛，冲我摆了摆手：“不给你打岔了，你接着说那个聚居点的情况。”

“引起居民一夜之间全数暴毙的是一种以前从来没发现过的传染病，像是丧尸病的一个极端变种，而且似乎是通过空气传播的。”

乔先生睁开双眼道：“空气传播的、从未发现过的传染病？难不成除了七日热、自爆病和丧尸病，又出现了变种的新型传染病？”

我点点头，把昨晚编好的半真半假的说辞抛了出来：“应该没错。病原会导致患者的体温和血压下降……”

乔先生有点不耐烦地打断道：“反正症状到最后肯定是死吧？”

“差不多。其实我和丹砂也感染了这种病，如果不是药品充足、抢救及时，恐怕就没法活着回来了。”

“你们是怎么感染的？”

“聚居点里至今还有病原，原本因为长期无人活动进入了休眠期，被我和丹砂一搅挠，似乎再次变得活跃了。”

乔先生的兴趣似乎更浓厚了：“一句话，现在那个无人的聚居点里藏着致死病毒，只有你能治好？”

我觉得有什么不对，但又说不出来，只能点点头，然后接着说道：“情况大概就是这么回事。最后，我的意见是，您能不能调一些人手到那周围看管一阵子？如果再有人误闯到那边去，就不可能有我和丹砂这么幸运了。我们是在那边停留的时间太长才把病原激活了；只要几个月没人进到扩散范围里，病原应该就会彻底休眠，完全丧失危险性。在那之后再过个一年半载，这种病就会彻底消失了。”

“好说好说。”

“那我的报告也就到这里了……之前还在这件事上怀疑过您，实在是对不起。”

“没什么，反正我乔剑豪身上背的骂名也不差这一份。”

“那我走了？”

事后想来，我为了圆谎耗了七八分精力，已经把“邀请乔先生和丹砂切磋”之类的事情忘到了脑后。

乔先生的声音变得有些难以捉摸："平榛医生，急什么，不妨陪我这个老头子坐坐再走。"

不知是不是我的错觉，刚刚还算轻松的气氛此刻一扫而空。我如坐针毡，恨不得拔腿就走却不能："不知道乔先生还有何贵干？"

"七日热、自爆病、丧尸病，你们医生把这三样叫作'新型传染病'，没错吧？"

乔先生突然微妙地岔开了话题。

"您说得对。"

"这个新型传染病，在大灾变时横行全球，我看到的说法，是把地球上几十亿人口缩减成了两亿多。而且直到现在，就算是全世界的医生加起来，也对新型传染病无能为力吧。"

我点点头，不知道他葫芦里卖的是什么药。

"新出现的这个变种，居然能被医生你治好，我实在是佩服不已。"

"您过奖了。我能活过来靠的基本是运气，更何况这个病本身也不能算是真正的新型传染病，只不过碰巧是个脆弱的变种罢了。"

我一边客套一边出汗。

"医生说的是哪里话。我所知道的范围内，现在能治疗新型传染病的，只有平榛医生独一份啊。"

乔先生越客气，我越觉得冷，既怕他一直说这些让人起鸡皮疙瘩的恭维话，又怕恭维话说完之后，会有难以想象的

“什么”——

“所以医生啊，你有没有想过，留下这种病原？毕竟你才是第一个能治好新型传染病的人，如果就这么放着机会白白溜走，我都替你觉得可惜啊！”乔先生的语气热切而冰冷。

虽然我屁股坐在椅子上，两脚着地，却有种自己正在朝地狱深处坠落的错觉。

“您说……要保留这种病原？虽然我是痊愈了，可一旦这种病扩散开来，只靠我一个，怕是……”

看着我不情愿的样子，乔先生话语里冰冷的成分越来越大：“没错，如果这种病扩散开来，恐怕医生单凭自己也救不了几个人。”

“那……？”

“如果这种病和拉肚子一样无关紧要，我为什么要保留它？”

刚刚还影影绰绰、不怎么真切的预感，此刻变成了坚硬苦涩的现实。乔先生……不，乔剑豪，他要把病原据为己有。至于病原到手之后，他是用来研究、收藏、展览，还是杀人，那根本就不在我的控制范围之内。

看着坐在对面那个已经初显老态的男人浅淡而凌厉的笑脸，我开始确信：乔剑豪确实不是投毒者，但他之所以不做，不是不想，而是因为权衡利弊之后，认定没有做的价值。

我不敢直视眼前的这个男人，如同身处深海中央一般的压力从四面八方袭来。“不行。”我低声说着，捏紧了被冷汗浸得又黏又滑的拳头。

乔剑豪脸上本就所剩无几的笑容瞬间蒸发得一干二净：“不再考虑考虑？”句尾的“考虑”二字，带着和整句话不相称的湿冷和黏重。

“对不起，不行。”

“平榛医生是不信我这个老头子？”

更大的压迫感从对面排山倒海一般涌来，我努力想抬头直视乔剑豪，却被压制得只能看自己的膝盖：“这……不是信不信的问题，这种病原太危险了，最好的结局就是让它自生自灭。”

“也罢，我另派人去就是。空气传播的病毒，难道还不好收集吗？”乔剑豪像很遗憾似的摇了摇头道，“我本来还想让你接替寒鸦的位置，别再风餐露宿了呢。”

“您请便。没事的话我就回去了。”我竭尽全力，从椅子上站起身来。

“慢着。”

我仰头看向书房的天花板，角落里有一张蛛网，但是上面没有蜘蛛。“乔……先生还有何贵干？”

“平榛医生如此聪明，连这一点也想不到吗？”

乔剑豪拍拍手，立刻有推门声从我身后响起。男仆打开书房门，双手捧着一柄看起来不太像剑的兵刃，恭恭敬敬地走了进来，一直走到乔剑豪身边。乔剑豪接过那把兵刃，转过身去，把兵刃拄在地上。

“带医生去休息吧，腾间三楼的客房给他。”

男仆对我做了个“请”的手势。

我努力用轻松的语气装作丝毫不在意地问道：“乔先生想留我叨扰到什么时候？”

接着，从书房的墙壁一侧，传来了不像是人类能够发出的、如同地震波一般无机质的低沉声音：“到你想通为止。”

INTERLUDE Ⅰ 日记·Haruna·其一

二十世纪的旅人。

二十世纪的诺亚方舟，承载着期待与不安向天空飞去。

但是，似乎只把期待遗忘在了月球上。

在未来的这个二十一世纪里，只留下了不安与少许的幻想。

——ZUN，旅人 1969，2004 年

这段话是社长昨天钉在活动室展览版上的。我很喜欢这段话，问她 ZUN 是谁，她却不肯回答。旅人 1969，是说人类第一次登上月球的事情吧。

1969 年，当所有人都坚信伟大的时代已经来临，期待就成了多余之物；2004 年，三十多年前那“伟大的时代”刚刚拉开序幕就匆匆散场，期待被遗忘在 38 万公里之外，唯有不安和聊以自慰的一点幻想还在地面上明灭；而今天，一切都信心十足，一切

都一往无前，大家把那样的过去忘得一干二净。

月亮上再也不会有辉夜姬，不会有嫦娥，所剩的只有密密麻麻的旗帜和脚印——但期待呢？我们把它取回来了吗？

INTERLUDE Ⅱ 少女所忆的原风景

窗外正下着雪。无数纷纷扬扬的白色雪片从昏黑的天空中缓缓落下，又被街灯映成一片温暖的橘黄，给寒冷的室内添了些微暖意。

此处是大灾变前一座世界知名的大学——T大的综合图书馆顶楼。原来的旧图书馆在某次强烈地震中彻底倒塌，于是，在大灾变前一年，这座足有原本建筑两倍高的图书馆拔地而起，在继承了原有的全部藏书的同时，又成了T大图书馆网络的中心，各个校区图书馆的所有藏书的电子版，都有一份保存在地下一层的服务器中心里。

当时的T大校长在新图书馆落成仪式上意气风发地表示，T大作为整个亚洲顶尖高校之一，以新图书馆的落成为契机，必将在多个领域取得极大的突破。而一年之后，那场突如其来的大灾变彻底粉碎了T大的雄心壮志——虽然这只是被粉碎掉的全人类的雄心壮志中极小极小的一部分。

先是T都市内首发的七日热病人被送到T大附属医院进行救治；接着，不知是哪里出了问题，T大附属医院所在的校区成了七日热的一大传染源，在收治那位病人半个月之后，被警视厅和厚生劳动省（负责医疗卫生和社会保障的主要部门）联合宣告无限期封锁。

而此时的T都市内早已是人心惶惶。公共交通陷入半瘫痪状态，离京的公路上挤满了龟速前进的车辆，而遭到封锁的机场外，抗议的人群在几天前就已散去，因为那天的人群中混入了几名潜伏期刚刚结束的丧尸病患者。

经历了如地狱般混乱而折磨人神经的春天，体验了太多生离死别、度过了将近一百个惶惶不可终日的夜晚后，市民们已经变得麻木，而疾病的传播也像是被人群的情绪感染一般慢了下来——换句话说，新型传染病正在逐渐受到控制。虽然由于防疫要求被封锁的地域依旧有增无减，但电视里报告的新发数量确实一天少过一天。

然后，在那个高温来得太早太猛、让人心生不安的六月，市民们看着电视里发生在欧洲的核爆画面目瞪口呆，殊不知，短短的几天后，已经少了近一半人口的T都即将迎来相同的结局。

6月7日，一颗十万吨当量的原子弹在T都近郊爆炸，而在接下来的一个月之内，大量的战术核武器将T都，乃至T都所在的整个列岛，都化为了一片死亡之海。

吊诡的是，核武器的使用者不知出于何种考虑，有意避开了人口已经疏散得差不多的T都市中心；因此，虽然辐射几乎杀光了整个T都的所有居民，T都市中心那一片堪称雄伟的建筑物却几乎被完好无损地保留了下来，T大综合图书馆所在的校区也在其中。

这片由钢筋水泥构成的死寂的丛林，一直矗立到几十年后，并且将会在真正的毁灭到来之前，永远地矗立下去。

“哈……”少女坐在T大综合图书馆顶楼的窗边，朝冰冷的双手哈了口气。

虽然能感受到双手的冰冷，但少女并不觉得不适。就连哈气这个行为本身，也不过是很久很久以前就有的习惯而已。毕竟，少女呼出的气体，甚至比自己的双手还要寒冷。

少女有着一头极不寻常的淡紫色长发，编成两条麻花辫垂在胸前。她戴着一副样式朴素的眼镜，穿着普普通通的高中女生制服，膝盖上搭着一条绣着小猫图样的毛毯，毛毯上放着一本打开的书。

昏暗而温暖的雪夜，寂寥无声的大图书馆，独坐窗边静静读书的少女。这样的意象组合，只因为时间是在大灾变之后，就失去了一切安稳、宁静、孤独的情感，只剩下一种意义——异常。

并不是说仅仅因为时间不对，这一幕就变得烦躁不安；而是说，此时此地，不论是谁，在看到这一幕时，心中首先升起的情感都不会是那些无用的感伤，而只会是“她是谁？她怎么能安安稳稳地坐在这里?!”而这个问题最好的注脚，就是从来没有人问过这个问题，不论是问别人还是问自己。

少女拍了拍自己的脸颊，站了起来，把毛毯仔仔细细地叠好放到椅子上。然后，她双手把书抱在胸前，缓缓走向楼梯间，电梯早已无法工作。

少女像是为了不破坏笼罩着整个图书馆的寂静一样，几乎没发出任何声音地来到七楼，径直走到满满当当的书架中空了一本书的地方，把手里的书塞了回去。

今天的读书时间就到这里，接下来，该去写日记了。

少女来到图书馆四层的401讨论间，在门口的密码锁上按了几个数字。伴随着自动门打开的声音，一阵轻快的乐曲声响了起来。里面放着一张床，一套桌椅，和一个略显突兀的三层书架。光是这些东西，就把讨论间狭小的空间占满了。

书架最上层的书并不多，但名字一个比一个深奥难懂；中间一层是一些大灾变前的学术期刊，光看标题似乎都是生命科学方向的；下层则是厚厚的一摞打印稿，最上面的一页除了标题和摘要，几乎全是连符号都看不懂的公式。

少女坐到桌前的椅子上，对着桌上老年男性的照片出了会儿神，才从脚边的箱子里抽出一个封面是手绘猫咪图案的本子来。在小猫头顶、本子封面的左上方，写着一行秀气的小字：日记·Haruna·其六十八。

2143.1.29。今天又是安稳的一天。

这几天总是把时间搞混。明明已经从大陆那边回来了，还是不由自主地觉得，时间怎么总是快了一个小时。是因为一个小时的时差太接近，所以没法分辨清楚了吗？

这几天一直在下雪，所以没有去实验室。一下雪就会不由自主地不想动弹……不过也不能一直这个样子下去啊。明明已经跟他说好要尽快想出治疗方法呢。虽然现在已经基本上解决了最为核心的问题，但是不着手去做可不行，会一直停留在构想上，最后草草收工的。那样就太对不住他了。

在图书馆里看了一整天的小说。村上先生的书真的很有趣，即使隔了这么长时间，还是能感受到他笔下人物的心境，仿佛就在我眼前似的。

冈田先生究竟在和谁战斗呢？和绵谷升？和远隔几十年的扒皮鲍里斯？和无处不在的拧发条鸟？我不知道，或许，他与之战斗的，正是这个充斥着不合理的悲剧的世界本身，用只有他能理解的方式战斗，哪怕只有一点点也好，击溃玷污他人的，夺回被玷污的，守护尚未被玷污的。

现在的我，也不过是在这个已经被玷污殆尽的世界上，守护仅存的一点点想守护的东西罢了。

P.S. 猫真的好可爱。好想摸青箭有点歪的秃尾巴。

写完日记的少女——Haruna，更正式的名字是宫原遥奈——轻轻叹了一口气，合上了手里的日记本，把它塞回箱子里去。

干净整洁总是必要的……虽然这座图书馆，乃至整个T大，甚至整个T都中心——除了自己以外，已经有几十年没有任何人进入过了，具体来说，恰好是 66 年。

许久未想过这些的少女突然笑了起来，不是因为别的，而是因为想到了经过 66 年，依然一副十多岁的少女模样的自己。说到底自己最多不过被人叫一声“萝莉老太婆”而已，这种程度的调侃根本就不痛不痒。现在的自己有更重要的事情要去做。

是的，在离开 T 大，几乎周游了列岛一圈，最后从大陆返回之后，自己已经没有任何迷茫的必要了。现在的自己应该做的，是利用好不容易得到的珍贵血样，尽快开发出自爆病的治疗药物来。

如果能成功的话，虽然对于整个世界来说可能只是杯水车薪，但这也算是继承了爷爷的遗志，向前迈出了坚实一步。至少，能够守护那个人的话——遥奈站了起来，她既不想在桌前枯坐下去，又不想早早躺到床上，最后还是选择从 401 讨论间里出来，站到了图书馆三楼的窗边。

从这里看出去，窗外的景象，和楼顶所见又不一样。如果说从楼顶只能看到一片模糊的暖色，从三楼望去，就能捕捉到更多细节。每天会自动按照日落时间亮起的街灯，楼下广场上光秃秃的银杏树干，对面楼没有一扇亮着的窗户……

都是早就烂熟于心的景色，但在这样大雪纷飞的天气里看去，总有一种莫名其妙的、既感伤又安心的感觉。还是早些睡吧，明天不管下不下雪，都要去实验室了。这样想着的少女慢慢踱回狭小的讨论间，躺倒在只属于自己的小床上。

刷牙洗脸什么的，大概有二三十年没做过了吧。一开始为了保持对自己的认知，还徒劳地刷了几十年的牙、洗了几十年的脸。可中间断掉一次之后，就再也没有那么做的想法了。毕竟，自己现在所拥有的，就是这么一副不必吃东西、也没有新陈代谢的身躯。虽然花了漫长的时间来彻底接受这个现实，但一旦和这样的自己达成了和解，许多事情就变得自然而然。

“我，宫原遥奈，到现在为止，已经生存了82年，不出意外的话，还将继续生存下去。直到这具身躯消磨殆尽。”

对遥奈来说，不存在“失眠”这样的概念——如果她想，她可以在“睡着”之后依旧保持清醒的意识；当然，也可以选择像许多年前一样，陷入真正一片昏黑的无梦睡眠，反正也只是像拨动开关一样是一瞬间的事。

除了几个月前，为了赶工而压榨睡眠时间之外，遥奈一直很讨厌在睡眠时保持清醒——她一个人生活了好几十年，白昼对她而言已经漫长得可怕，如果在夜里也“醒着”的话，无异于把煎熬的时间延长了一倍。但今晚，她还是选择静静地躺在带着些许暖意的床上，回想之前那些和“安稳”二字完全搭不上边的事情。

她对海对岸的大陆的第一印象其实很糟糕——倒不是因为墨绿色的海面，毕竟自己来自的地方的海的颜色居然是荧光绿，里面也尽是些奇形怪状的变异生物——坏印象的第一来源，是那群自称“调查队”的人。他们看到自己之后，二话不说就扑了上来。

话又说回来，也正是因为大陆一侧的环境比列岛上好了不知多少倍，才会有这种莫名其妙的东西在地面上肆无忌惮地活动。

那场遭遇战后，自己出于同情，放走了那些鼻涕眼泪糊了一脸，看着简直不像话的人们，但这点没用的同情心却给自己惹上了大麻烦。从那以后，和这群“地面调查队”一伙的各种各样的人开始了对自己的围追堵截。

那些人和自己初遇时，似乎只把自己当成了在海边闲逛的一点紧张感都没有的少女，要把自己抓回他们的老巢里去。至于抓去之后到底要做什么，她后来问了海边的聚居点居民，他们却异口同声地说“被抓走的人都会被吃掉”。

自己一开始也有一点信以为真。毕竟是那样一伙凶神恶煞的家伙，连场面话都不说，就想给自己来一针来路不明的东西。那股气势倒确实有点吃人的劲头。

不过，气势先放到一边不谈，遥奈其实是不怎么怕那些所谓的“调查队”的。从武装程度来讲，自己的武器相比对方虽然落后了整整一个时代，可那些人手里的武器却充斥着一股浓浓的中二御宅族的感觉。

故意做成仿古的鲁格 P08 形状、却总是卡壳的光束枪啦，调错了频率、一扔出来就开始播放甜得发腻的女孩子撒娇声的次声波炸弹啦（那次可真是好好地笑了一场，调查队的人们面如死灰，连话都没多说一句就灰溜溜地跑了），做成小芥子人偶形状、可是电压根本就不够的电击枪啦（调查队坚持称其为“回路短路君”）……

在己方的绝对火力优势之下，那些调查队几乎没有任何胜算。总之，遥奈一开始只是觉得这些人有点滑稽，甚至会在遇到他们之后主动迎上去——毕竟自己已经一个人度过了漫长的岁月，就算是性命相搏的游戏，此刻也会觉得有趣。

然而，在某次遭遇战中，调查队的人们为了抓住遥奈，释放了某种类似毒气的东西——这东西对遥奈来说几乎没有任何用处，可是当天偏巧是个刮南风的天气，风把毒气吹到了近在咫尺的某个聚居点，而自己事后调查的结果是，那个聚居点里三分之一的人死于不明原因的呼吸困难，余下的人们也患上了不同程度的呼吸道疾病。几个月之后，那个聚居点彻底荒废下来。

后来再遇到调查队时，遥奈在把这些人炸得四散奔逃之后，把这个数据告诉了没有跑掉的人。本以为这个人至少会表示一下同情，遥奈得到的回复却是这样的："不就是二十几个人吗，你自己要是想杀，能杀的人少说也有好几千吧？怎么这么大惊小怪啊。"

后来，调查队带的武器越来越实用，人数也越来越多，遥奈才惊觉，自己是不是已经在无意之间成了这帮"调查队"的移动武器试验目标了呢。

再加上亲眼看见了调查队抓人的样子，遥奈越来越确信，这些人把陆地上的人们抓回去，绝不仅仅是为了吃。他们是会吃人，不过不是用自己的嘴，而是在供养着"什么"食量巨大、不知满足、疯狂吞噬着生命的东西，最重要的是，那东西一直在成长。

在这样的东西面前，遥奈还是选择避其锋芒。已经有好几次，调查队差一点就抓到自己了。

选择避让的遥奈开始在大陆上东躲西藏，而越是躲藏，就越来越能切身体会到所谓的“调查队”在地面上的恐怖。他们的触角几乎无处不在，自己最多在一个聚居点躲藏半个月，就会有调查队的线人渗透到聚居点里来。独居了多年的自己明明那么喜欢人类，可最终还是只能选择躲到没有人的地方去。

作为反击，她开始着手调查“调查队”，和调查队背后那以血肉为食的东西。最浅层的真相很快浮出水面：“调查队”隶属于某个叫作 KSG 的组织，正式名称是“KSG 特殊事业部地面调查队”。

遥奈对这个名字并不陌生。大灾变之前的人，谁没用过 KSG 的药呢？然而 KSG 变成现在这样，却是完全出乎遥奈意料之外，堪称“莫名其妙”的事情了。也正是因为这份莫名其妙，遥奈决定在大陆上久居，彻底搞清楚 KSG 这一全球性的药企到底发生了什么，才在大灾变后变成了这么一副样子。

真相有如千层蛋糕，遥奈却没有一把好勺子能深挖到底，只能一层一层地剥开浮在上面的奶油和装饰。然而，仅仅是这些奶油，就足够让遥奈目瞪口呆甚至停杯投箸了。

和“那个孩子”的相遇，也是在对 KSG 的追查过程中发生的——虽然那时距离自己第一次踏足大陆，已经过去十多年了。

遥奈躺在床上，翻了个身——姑且算是在“睡觉”，翻身这样的行为还是做得来的。虽然没什么用处，但总而言之就是能让人安下心来的方式，当然也是爷爷的功劳啊。

那个孩子当时刚刚感染自爆病，被聚居点赶了出来——不，确切地说，是在被赶出来之前自己走掉了。自尊心过强却又不愿表现出来，这也算是和爷爷相似的一点吧……不，对自己而言是爷爷，以那个孩子的年纪来说，应该是“曾祖父”吧。

所以说自己虽然看起来还没那孩子大，实际上却一直把他当成晚辈，像是和自己没差几岁的侄子一样……真要算起来的话，自己的年龄已经能当他奶奶了。遥奈在“睡梦”中发出轻轻的笑声。

遥奈找到“那孩子”时，他正在和一伙拾荒人讨价还价。

“喂，这么多的针管，分我一个……分老子一个又死不了……”明明心里虚得很，却硬要学拾荒人那种天不怕地不怕的口气。

“老子找到的，凭什么分你？”

“要……要不是老子借你们的隔热手套……”

“去去去，滚一边儿待着去，什么借的，这手套和你有半毛钱关系吗？给老子滚！”

“你怎么能……”

“还不走？你是活腻歪了？”领头的拾荒人怪笑起来，拔出佩戴在腰间的长刀。

那孩子的腿已经抖了起来，但还是硬着头皮举起了手弩。

“二哥，这小子还算有种，要不咱们……”

“闭嘴，老子今天得让他长长记性！”

拾荒人举着刀冲了过来，少年也扣动了扳机。很可惜，弩箭威力太弱，虽然射中了拾荒人的胳膊，却并没有什么效果，只是更加激怒了对方。其余的拾荒人见对方真动了手，纷纷抄起家伙，准备一拥而上。

然后，遥奈用一发闪光震撼榴弹把在场的所有人都放倒在地。自己就这么和少年成了暂时的旅伴。

遥奈在大陆上奔波了十余年，能用来容身的据点可以说是星罗棋布。虽然自己不需要吃喝，但给一个少年张罗食物也不是什么难事，更何况他本人早就在流浪的一个月里习惯了饥一顿饱一顿地生活，能维持一日两餐的生活，对他来说就已经满足了。

虽然遥奈知道他以前叫什么，但他从一开始就坚称自己根本没名字，遥奈也不再去和他争，反而连自己的名字也对他保密起来。这样的做派，感觉和冒险小说里的主角差不多呢——遥奈这么想着，开始故意营造起神秘感来。看着青涩的少年对自己奉若神明的样子，遥奈不禁觉得有些好笑。

不过，做派归做派，遥奈来找他，可不是仅仅为了来演一出英雄救美或者美救英雄之类的戏码的。这一行最主要的原因，是遥奈出于意外获知了一个关键的信息，而这个信息恰巧和少年息息相关，甚至有可能救他一命。

遥奈与少年藏身的地方，原本是一座枢纽级别的地铁站，遥奈花了好大力气，将其改造成了一所能满足自己基本需求的实验室。从没见过这么大场面的少年一进来就被各种见都没见过的仪器和试剂吸引了眼球，连招呼都顾不上打，就自顾自地跑到了实验室深处——那里有一排坏掉的自动售票机，只要一敲，就能哗啦哗啦掉出好多圆形的地铁票来。

遥奈把四处乱跑的少年叫到身边，跟他说明了事情的原委。

“所以说你是要抽我的血吗？”少年听了遥奈的请求，不禁皱起眉头。

“不行？”

“不是不行，而是，你也知道我有自爆病，血液应该还……挺危险的，你对我这么好，我怕万一传染给你就麻烦了。”

遥奈在心里叹了口气。这孩子虽然外表看起来很好相处，可一旦接触多了就会发现，是个账算得很清、还有点愤世嫉俗的人，谁对他好、谁对他坏，全都记得清清楚楚。若再往深一层看，果然和他那个叔叔很像，说到底还是一副软心肠。

“不会传染的。操作流程之类的事情，我可比你规范得多。”

“这……倒也是。”少年低下头去，乖乖把手臂伸到遥奈面前。

“等下，不用这么着急啦。先吃点东西再说。”

大灾变之前，遥奈还在上学时，成绩最差的就是家政课，加之好几十年不需要吃东西，因此虽然她像模像样地在实验室的一个角落忙活了一个多小时，最后端上来的东西还是只能用“不堪入目”来形容。

尽管如此，少年也硬着头皮（遥奈看得出来，确实是硬着头皮）把说不上到底是什么的东西吃得一干二净——然后跑到废弃的厕所大吐特吐起来。

吐完后少年一脸歉意，刚想说什么，遥奈先道起歉来，而少年也不甘示弱。最后，两人合起来大概说了二十多句“对不起”，然后同时笑了出来。

如果不提一开始那些食物的事儿，遥奈还算顺利地帮少年抽完了血，然后一头钻进实验室的地下二层。

少年也跟了过去，但完全看不懂遥奈究竟在做什么工作，即使这样，他也在努力地看着，希望能从中看明白点什么。不过少年只坚持了一个小时，忍不住打起瞌睡来，直到最后他也没能搞清楚遥奈究竟在干什么。

此后将近一个星期，少年每天持续着这样的生活：早上起床做饭，把自己喂饱；白天帮遥奈做一些力所能及的工作，比如跑腿、定时、刷试管什么的；晚上再做一顿饭，遥奈偶尔也会跟着吃一点——少年从没见过遥奈在食物入口之后有过任何表情，一开始还觉得是不是自己做的东西不合她的胃口，后来就开始安慰自己“说不定她就是一个在吃上没有任何追求的人”；而到了深夜，忙了一天的遥奈终于闲下来时，也会给少年粗浅地讲一些研究的内容，和基础的科学知识。

那些深奥过头的理论，少年还是一头雾水，但他终归听懂了遥奈研究的目标：通过他的血样，研发出能够抑制自爆病的药物。

刚听懂这个目标的少年当然是大喜过望，遥奈却给他泼了一盆冷水：自爆病随时都有可能发作，假如少年在药物研发成功之前发病的话，那自己依旧束手无策。而药物的研发时间谁也说不准，可能半个月就有进展，也可能要花上许多年的时间。而从现在的进度看来，应该是后者的可能性更高一些——不，是高很多。

少年听懂了遥奈的话，却并没有灰心丧气。遥奈一开始不禁觉得诧异，甚至考虑到“难道他已经把生命置之度外，只要能帮到世界上其他的自爆病病人就已经满足了”这样的可能性。

不过后来，遥奈在深夜看到偷偷哭泣的少年时才明白，少年只是不想让自己担心，所以没把失望表现在脸上而已。没什么远大理想的别扭少年，只不过是不想让亲密的人受伤……连这一点也和他的叔叔类似。遥奈看着少年蜷缩成一团的背影，不禁生出一股怜爱之心。

然而，自己所说的那段现在回想起来甚至略显残忍的话，字字都是事实。如果说些不负责任的谎话，让他燃起了不切实际的希望，那自己才真是狠狠地践踏了少年的善意。想到这里的遥奈轻轻摇了摇头，轻手轻脚地离开了哭泣的少年。

一个星期之后，遥奈神情复杂地找到少年，给他带来的消息既谈不上好也谈不上坏，甚至可以说有些莫名其妙——自己离研发出抑制自爆病的药物还有很远的距离，但研究过程中产出的某种副产品却具有惊人的效用。

少年显然对这个“效用极大的副产品”缺乏兴趣，但还是耐着性子跟随遥奈来到了由地铁站改造成的“地下实验室”的第三层，也是大灾变之前地铁实际行驶的地方。

未经过遥奈的清理，各种穴居的变种生物在这里自由生长。和上面两层的东西一样，这里的变异生物，除了变种老鼠之外，没有一种叫得出名字——而且大灾变之后，早就没有悠闲的动物学家来给这些奇形怪状的东西起名分类了。

“给你，这是我加工过的弩箭。”

少年看着除了箭杆隐隐发红之外和过去没有区别的弩箭，迟疑地把它塞进了箭匣里。

“嗯……瞄准那边那只变异老鼠试试看。”

少年半信半疑地完成装填，对着几米外一只正朝自己探头探脑的变种老鼠扣动了扳机。

几秒钟后，映入眼帘的景象让少年一下子吐了起来。变异老鼠和发病的自爆病人一样，在狭窄的地铁铁轨上爆炸，血腥味儿很快传到了少年的鼻子里。虽然日后这副光景对他来说早已变得司空见惯，但头一次见到这样的景象，不管是谁都不可能面不改色。

周围的变异生物闻到了强烈的刺激性气味，纷纷蠢蠢欲动起来。遥奈提着少年的领子把他藏到身后，一发高爆榴弹射了出去，终结了地下三层的混乱。

回到地下二层的少年心有余悸地看着遥奈，问道：“所以，你说的副产品就是……这个？”

“差不多。把经过处理的自爆病人的血液装进中空的弩箭里，把弩箭的前端改造成遭受撞击就会释放内容物的结构。这样，只要弩箭能够擦破对方一点皮，就能直接导致对方感染自爆病，并且立即发作。”

“所以你的意思是……”

“我想，你以后至少可以靠这个在地面上给自己……壮壮胆。”

“自爆不会导致其他人感染吗？”

“按照我的估算，不会。”

少年战战兢兢地接过剩下的一捆弩箭。

“剩下的事，就是教你怎么做这个东西了。说起来，血液的制备方法不难，倒是机械结构上比较复杂……”

接下来的一个星期，少年的生活重心从打下手变成了学习——不光要学习如何制作自爆弩箭，还要学习数不胜数的基础科学知识。对于遥奈而言，就算没有在T大独自生活几十年的经历，这些东西也会在中学课堂上被老师一遍又一遍地灌输进脑子里；而对少年来说，所有的东西都是陌生的，如果没有遥奈的看护和指导，他有九条命也不够在实验室里丢。

虽然他早就有独自流浪的经验，但一个人和实验器材打交道对他来说仍然是一件新奇且富有挑战性的事。比如说，他从来没搞明白，为什么玻璃试管的底那么脆弱，随便用试管刷戳一戳就会掉落；为什么两种看起来人畜无害的试剂混到一起就会引发小型爆炸，搞得自己灰头土脸；又是为什么，当他想把洁厕剂和消毒液混在一起刷厕所时被遥奈一下子拎了起来，双脚离地——虽然遥奈后来给他恶补了一阵子基础化学，但少年印象最深的，仍旧是被遥奈一把抓起来时的震惊。看起来弱不禁风、比自己还要年幼的神秘人，居然有这么大的力气！

最终，一个星期过去，遥奈也算是费了九牛二虎之力，在教会了少年如何制作自爆弩箭的同时，也把最基础的初高中级别的自然科学知识硬灌到了少年的脑子里。

少年本以为这样的日子会一直持续下去，但遥奈在两人相遇短短的半个月后，就提出了辞行。少年当然是满心的不愿意，但看着遥奈坚决的神情，他知道，和这个神秘人的相遇与分离，都不在自己所能掌控的范围之内。

尽管如此，他还是做出了一切可能的尝试，试图把这个扎着淡紫色双麻花辫的少女（虽然很多时候少年恍惚觉得这个人比自己的年龄大得多）留在自己身边。就算那是做不到的，至少也要搞清楚，为什么她是如此的来去匆匆。

“有什么非走不可的理由吗？”两人几乎已经围绕着这个话题说了一个小时，少年也记不清这是自己第几次问这个问题了。

但面前的遥奈要么微笑，要么沉默，要么顾左右而言他，就是不给他一个明确的答案。

“所以说，你真的不能在这边多待一阵子吗？一个月也好。”

遥奈的笑容不知为何变得有些模糊：“真的不行。我确实有不得不去做的事，有不得不离开的理由，但现在不能和你说。一旦被你知道了，对我和你都不是什么好事。但是我向你保证，只要抑制自爆病的药物被研发出来，我立刻就来找你。只要你那时还活着，我就……”

少年不去管遥奈的保证，反而说出了听起来有点危险的话：

“难道……你其实是个暗中活动的大魔头？比如说……大灾变其实是你引发的？”

遥奈把这当成一个不成功的玩笑，刚要回答，少年的声音却响了起来：

“如果——你真是一个无恶不作的人，就算我身上的自爆病的元凶是你，那……那我也想跟着你。”

遥奈惊愕地看着少年的脸。少年低着头，试图把表情藏在阴影里——但做不到。他只能看着自己的双脚，不去注意遥奈的表情。他其实比遥奈高得多。

“我的父母早就死了，叔叔几年前也不在了。聚居点里的人确实有一些不是那么坏，但……只知道欺负我的人比那些给我笑脸的人多得多。假如跟着你就能让那些人尝尝——”

遥奈的手举了起来，带着劲风，停在了少年的脸颊旁边。“看着我的眼睛。”遥奈低声对少年说。

少年费力地抬起头，隔着眼镜，看向遥奈橄榄色的瞳孔。

“你刚才的话，是真心的吗？”

少年沉默不语。遥奈和少年对视了片刻，又把扬起来的手放了下去。

“我只是……不想离开你的身边。”少年此刻的样子，真的像是遥奈的晚辈，正在道歉认错一样，“刚才我说的话，理由是编的，但是……我的想法没有变。”

“怎么说？”

“假如你真的是个能毁灭世界的人，我愿意跟着你毁灭这个世界。不是因为我想对谁报仇，我只是觉得，能和你有一样的目标，然后为之奋斗，是件很幸福的事情。就算最后连我自己也要跟着这个世界一起毁灭，我心甘情愿。”

少年说完，抽了抽鼻子，然后有点尴尬地笑了一声。看得出来，他自己说完这段话很不好意思，但无论如何，他是直视着遥奈的眼睛说完这句话的。

遥奈轻轻叹了口气，半是无奈半是爱怜地喃喃自语道：“我原以为调查队的那帮人就够中二的了，没想到你才是这个年代真正的中二病啊。”

这句话从内容上来说没有任何问题，但从结果上来说，相当不妙。

少年的眼神一下子亮了（他也不知道，大概半年之后，自己会在同样的话题上以同样的方式说漏嘴），没有去管“中二病”这一类不解释半个小时根本就听不懂的词汇，反而直切重点：“调查队？调查队是什么人，你的同伴吗？”

遥奈还没反应过来问题的严重性，随口答道：“才不是同伴呢，是敌人啊。”

“原来如此！你是被调查队发现了，所以要转移阵地吗？之所以不告诉我，也是因为怕我知道了调查队的事情之后被灭口对不对？你放心，我的嘴很严的，就算你把调查队的事情全都跟我说了，我也不会走漏风声，更谈不上危险。如果你有什么需要我做的，尽管来找我就是，我保证能顺利完成任务……”

遥奈目瞪口呆地看着自顾自兴奋起来的少年。虽然谈不上后悔，但自己身上要是再多一个回溯时间的功能，那该多好啊。

“啊啊，真是的，我败给你了。”遥奈长叹一声，说道，“调查队确实是我的敌人没错，但我之所以要走，不是因为他们发现我了，只是这边的实验条件太差。我得回到设施更齐备的实验室去继续研究。这边还是太简陋了。”

“那就把我也一起带过去吧！”

“不行。”

“为什么不行？”

“太远了。”

“远有什么好怕的！”

“调查队的人没有发现我，是因为这半个月以来，我一直都躲在这里。只要我在地面上某处待上三两天，立刻就会有行色可疑，不知道是不是 KSG 的人……”遥奈反应过来自己不小心说多了。

“线人是吗？KSG？我记得叔叔给病人用过 KSG 的药，所以说 KSG 直到现在还存在着？”

遥奈这次是真的后悔了，她开始思考如何把这个名字糊弄过去。

“我的意思是说，虽然立刻就会有行色可疑的人凑上来，但我也没法确定他们是不是 KSG 的人，因为 KSG 现在存不存在还不确定呢。我也不知道调查队的人和 KSG 有没有关系、有什么关系，只是猜测而已。”

换成还在上学时的遥奈，对人扯了这么大一个谎，脸早就红了。不过这具身体不会脸红，此时倒是很方便。

“总而言之，只要你和我一起行动，调查队的人就会一股脑地扑上来。我自保有余，但没法保证你的安全。”

遥奈还有一个理由没有说出口。由于大灾变期间密集核打击的原因，列岛上几乎找不到可以耕种的土地，甚至连安全的饮用水水源也极为稀少。她从离开T大到渡海前往大陆的途中，见到了不少由于饥渴难耐而吃了不该吃的东西，最终死相惨烈的人们。

“还有，你刚才对我说的那段话。”

“啊，那个，我想不起来了，哈哈，哈哈哈哈……”

“不要装糊涂啊！”

“哦。”

“我现在再问你一遍，你还是那么想的吗？即使我是个十恶不赦的人，即使整个大灾变的起因都在我身上，你也愿意把我的理想当成自己的，就算牺牲掉自己的生命也不后悔？”

少年红着脸点了点头。

“我很高兴，但是，也很生气。”

“因为你不是那样的人，是吗？”

“不是。”

“那是因为……”

“因为你的话不是真心的。”

少年涨红了脸道：“我没有撒谎，我是真心觉得——”

“你不是真心的。”遥奈看着少年血红色的眼睛，一口气说了下去，“现在的你，根本不知道自己能做什么，更不知道自己想做什么，只是因为一时的冲动，随随便便地把我当成了某种寄托而已。”

少年想反驳，但是什么也说不出来。

“假如未来的某一天，你突然发现自己真正的想法和我的理想背道而驰，那时你会怎么办？转而追求自己的理想吗？那么，你已经做过的事情又怎么算？假设我真的是策划了大灾变的幕后黑手，我现在让你去你出走的那个聚居点散播七日热，你去不去？”

少年小声嘟囔道：“去。”

“好，你会这么说，我也不是不能理解，毕竟堕落总是快乐的。”

少年听到这句话，不禁瞪大了眼睛。

“在一片混沌、看不清前路的地方，突然有恶魔的声音告诉你，不需要再迷茫下去了，你的使命就是破坏一切，把整个世界拖进无底的深渊……我承认，当你听信了这套说辞，开始破坏的时候，确实会感到快乐。找到了目标的快乐、复仇的快乐、破坏的快乐、施虐的快乐、堕落的快乐——最终，那会变成自我毁灭的快乐。

“自我毁灭在实现之前，看起来总是很美好的。世界上有这么多的悲剧、这么多的不合理，我在其中增添一些，似乎也不算过分吧？把自己变成悲剧的一部分，也不算过分吧？大闹一场之后陷入彻底的虚无，听起来很不错吧？

“但是，当你真正成了悲剧的主角，你就会发现，悲剧之所以叫悲剧，不是没有理由的。悲剧的主角，一点也不快乐。恰恰相反，自我毁灭的悲剧的主角，从来没有不后悔的。”

少年呆呆地看着遥奈的脸，他从未想过，眼前的这个人会如此切中要害地，直指自己内心深处潜藏的想法。

半晌，他才嗫嚅道：“可我现在确实看不清前路，甚至连有没有前路都不知道。”

“那就去找。虽然对你来说可能太残酷了，但无论如何，别随随便便就把自己的理想绑定在别人身上。等你打心底里想做什么事情了，那时，你才算真正找到了目标。如果那时你还能抬头挺胸地说出‘想为了和我一样的理想献身’……那就真的太好了。”

少年似懂非懂地点点头。

遥奈看着眼前的少年，最终还是没有忍住，上前两步，把呆呆伫立着的少年抱在了怀里。

“虽然对你说教了那么多，但……我……我……很高兴。真的很高兴。”

少年也下意识地抱住了遥奈。好冷，冷得简直不像一个活生生的人。但正因为冰冷，自己才更要紧紧抱住眼前的人，把这当作对她那一大串说教的小小反击好了。

遥奈松开双手，向后退了几步：“好了，不管是说教也好、告别也好，总之，这段时间多谢你了。”

“唔……那，好吧。你什么时候走？”

“这就不能告诉你了。”

少年明白，这半个月的时光终究还是要以一场不辞而别收场。如果知道了这位神秘人的出发时间，难保自己不会头脑一热就跟着她冲出去。

他猜测遥奈会在某个夜深人静的晚上偷偷离开。因此，整个晚上，他无数次被外面一点轻微的响动惊醒，然后跑到实验室的另一头确认遥奈还在不在。不过，每次他都能看见一张安静的睡颜。

这样折腾了一晚上的少年终于在黎明之前败在睡魔手下。而遥奈在听见对面均匀的鼾声后，匆匆写了一张字条压在显眼的地方，离开了实验室。

虽然字条上写着“走投无路时再去一探究竟”，但遥奈知道，一个人在废土上闯荡，走投无路才是大概率事件。少年多半会按照上面的指示，找到那间状况出奇良好的药品仓库，然后从车库里挑一辆状态最好的载具……那之后少年究竟会怎样，遥奈也想象不出来。

至于少年会成为一个游走在聚居点之间的流浪医生，就更加超出遥奈所能想象的范围了。

经过长长的地道，遥奈从与实验室直线距离两公里半的建筑物内踏出第一步时，她做的第一件事，既不是适应刺眼的阳光，也不是感受还算和煦的风，更不是花时间感伤。

不是说她不想这么做，只不过，一旦踏上地面，她首先要面对的，还是那支与一开始绝对不可同日而语的“调查队”。这次遭遇的小队貌似是从自己踏上大陆，和调查队相遇以来，最难缠的一支。

光束枪不再是一枪一卡壳的残次品，次声波炸弹也好好设定了频率，即使有能被人耳感知到的部分，也是如同山崩海啸一样令人毛骨悚然的声音（不过遥奈听得出来，虽然频率低下去了，可音源依旧是那个女孩子撒娇的声音……），至于“回路短路君”，那种只能近身使用的东西早就被淘汰了，现在调查队手里拿的是经过特殊设计的长射程泰瑟枪——虽然命名品味一如既往的糟糕。调查队成员们把手里的武器亲切地称为“回路短路大人”。

然而遥奈现在并没有战斗的心情，更没有战斗的理由。她身上带着少年的血样，一旦发生战斗，波及这些极度珍贵、甚至可能永远都没法再次入手的样本，那时候就悔之晚矣——再想不惊动 KSG 而找到那个少年，就成了不切实际的空谈。因此，遥奈决定，今天的作战方针是彻底的火力压制，然后迅速撤退。

稍微动用一下从来都没在调查队面前显示过的能力吧。遥奈在深呼吸过后，紧闭双眼，连呼吸都停了下来。

人数足有一个班的调查队成员们依托建筑物废墟的有利地形，严阵以待。短暂的交火过后，他们已经准备好实行不下十套预案中的一种了。只等眼前的人一动，他们将立刻采取最合适的一套，实施抓捕行动。然后，他们看见了只有在总部看动画片打发时间时才映入过眼帘的景象。

遥奈的脚下喷出蓝色的火焰——她穿着的那双样式可爱的鞋子在一瞬间灰飞烟灭——整个人以极快的速度飞到半空之中。

回过神来的调查队成员们似乎仍然备有对策。他们立刻反应过来，一部分开始手持轻武器朝天上射击，另一部分则开始组装什么东西。

大概……是防空类武器吧。他们连这个都想到了吗？那么，对不住了，调查队诸君——猫捉老鼠的游戏，今天告一段落。如果是你们的话，肯定知道那个两百年前的古早动画吧？就是那个俗称《猫和老鼠》的？高高兴兴、无伤大雅、过不了多长时间就恢复原状的小打小闹，今天是最后一集了。

少女摘掉眼镜，把它插在胸前的口袋里。紧接着，无数长长短短的轻重武器，从少女的身体各处延伸出来。从威力最弱的 .22LR 口径步枪，到只有在军武宅的梦里才会出现的 46cm 口径舰炮，再到密密麻麻的巡航导弹，再到带着点未来风情、不过还是略显朴素的高能激光发射器——从少女周身蔓延出来的各式各样、遮天蔽日的武器，全部对准了地面上那些已经彻底失去了行动能力，像在亲眼见证女神降临一样一动不动的阿宅调查队成员们。

今天是最后一集？还是说，从今天早些时候开始，和睦地你追我赶、但从来不会出人命的合家欢动画片，就已经停播了呢？从现实角度来说，果然应当把地上的这些人全部抹杀才比较合适吧？

毕竟，这是自己第一次显露出这样的姿态。对于 KSG 来说，一旦知晓，下次自己再来到大陆上时，他们派出的恐怕就不是什么调查队，而是野战军了。那么，就这样把火力毫无顾忌地倾泻到地面上吧。下面的人，不，活口，连一秒钟的痛苦都感受不到，就会化作一阵轻烟——

遥奈突然想到了前一天对少年的说教，嘴角泛起一丝不易察觉的苦笑。真是的，才过了短短一天，自己就要亲口品尝名为“堕落”的快感了吗？

果然还是——下次再说吧。

枪械声响、炮火轰鸣，无数镇暴武器像骤雨一般，毫无慈悲地——不，和致命武器相比，已经太过慈悲了吧——直冲地面上的调查队成员们而去。

而此时此刻，KSG 特殊事业部地面作战指挥室里，除地面调查队以外的所有成员，也如同即将经受轰炸的泥塑雕像一般，全体呆坐在狭小阴暗的房间里，双目无神地紧盯着面前的屏幕。

做了一整夜“清醒梦”的遥奈用力伸了一个懒腰——当然，这只不过是习惯使然，对现在的宫原遥奈来说，伸懒腰不会带来任何身体上的特殊感受——从床上坐了起来。

“是雪后初晴啊。”

少女一边自言自语，一边走出狭小的 401 讨论间，迎接冷漠而炽烈地洒满整片死寂大地的阳光。清晨的阳光照进 T 大图书馆，也只有这一刻，整个图书馆才如同从衰朽中复活一般，焕发出其他时间不可能有的辉煌光彩。

遥奈戴上毛线帽，围上围巾，穿好防水靴，推开了 T 大图书馆的大门。一股带着冬日好闻气味的冷风直钻进来。不过，对于冰冷的少女来说，冷风不过是冬日温暖的问候罢了。地面上积了厚厚的一层雪，看着这层洁白而柔软的絮状物，遥奈再次陷入回忆之中。

这次是更久远的回忆，那是大灾变当时，自己印象最深的东西。地面上积着的，是厚厚的一层放射性尘埃。

少女用力摇了摇头，努力把不快的记忆赶走。不过，在彻底把这件事赶出脑海之前，她还是不由得喃喃自语起来："所以，我才不喜欢下雪天啊。"

少女在地面上留下一行有深有浅的脚印。而在图书馆大门口，本来挂着校园导览牌的光秃秃的柱子上，被少女绑上的自制盖革计数器（一种用于探测电离辐射的粒子探测器），发出如同咳嗽一般、含混不清而难以形容的吱嘎声响。

今天也是个辐射超标的好天气呢。

POSTLUDE 宫原遥奈的信

当你看到这封信时，我应该已经走远了。很抱歉，最终还是不辞而别，但调查队真的真的很难缠，因此我不能告诉你离开的具体时间。万一你被他们发现和我在一起，那就全完了。他们虽然和你一样是中二病，但中二病也不全都是好人。意识不到自己中二的人，很容易变成不顾一切的疯子。而调查队的那帮人，已经是可以抬头挺胸，排队去吃精神病院食堂的程度了。我可不希望你变成他们那样……至于什么叫中二病，等有机会了我再告诉你。

你跟我说自己看不清前路的方向。很遗憾，我不可能替你找到你自己该走的路，不过，稍微做一点点指引，这种事情我还是能胜任的。当然，听不听我的全看你。虽然我看起来像是个好人，不过也说不好，没准我其实是假装成和善大姐姐的幕后黑手哦。之所以教了你那么多东西，只不过是为了利用你罢了——不过我猜，如果事情真成了这样的展开，你恐怕反而会更兴奋吧。

我能感觉得出来，我说了那么多，你虽然听了进去，但并不信服。也好，如果你能在深思熟虑之后选择自我毁灭的那条路，我虽然会心痛，但也会目送你走下去的。

悲剧的主角虽然都会后悔，但作为观众来说，恐怕正是悲剧达到最高潮的那一刻，他们才会最激动吧。很遗憾，我看了很多书，也很喜欢悲剧，但你可千万别变成悲剧的主角啊。

打住打住。我许久不跟别人说话，在当面交流的时候倒不会很明显，可一旦给人写起东西来就刹不住车。这可不是什么好习惯。

言归正传，下面是我给你的谜语：

“KSG 手中握有解决自爆病的钥匙。”

这句话可能是真的，也可能是假的。就算它是真的，KSG 也可能早就消失在风中，因此解决自爆病也就无从谈起了；就算它是假的，KSG 也可能依旧在世界上某个偏僻的角落搞些有的没的——

对不起。写到这里，我突然开始觉得不妥了。

我是不是应该彻底对你保密呢？还是说，这种隐瞒其实只不过是我一厢情愿的过度保护……

算了，我没有改动自己写下来的东西的习惯。虽然这张字条是匆匆写就的，但我也不打算改了。你究竟会选择何种道路，走到哪一步，全看你自己。不过，如果你能幸运地活下来的话，请一定记住，我下次找到你的时候，一定是我不再对自爆病束手无策的时候。那个时候，你大可以放心地依赖我。愿我们都能活到那一天。

P.S. 我会给你一个坐标，那里有可能很危险……就算现在不危险，从长远来讲，无论如何也会把你拖进危险之中。我知道你因为身患自爆病，已经有点看淡生死的意思了，但我还是劝你慎重。请只在走投无路的时候，再去那个地方一探究竟。

啊，还有，如果你把我讲的数学忘了个干净的话，那就乖乖死了这条心吧。哈哈。

以你现在所处的实验室为原点，正北为 y 轴正方向，十米为一个单位（a.b，x.y）。

去到地下最深最深处吧，时间在那里冻结。

~~Miya~~

神秘人

AFTERWORD
后记

初次见面，我是皮卡第三度。

从初中开始，我经常会构思一些故事，有时是因为睡不着，更多的时候则是为了在自习课上不着痕迹地逃避学习。说来惭愧，大多数故事都随着时间流逝被我忘得一干二净，真正被我写下来的少之又少，其中还有一个被我写在 B5 横线本上，引发了一场不大不小的家庭冲突（其实就是被家长臭骂了一顿，说我不务正业）。

在那之后，我仍然会写一些短短的东西，有时候是自己觉得构思巧妙的短篇，有时是一个长篇的开头和设定。然而，无论之前是怎么想的，写完几千字、最多一万字之后再看，脑海里永远只剩一句话：“我都写了些什么玩意儿。”于是我只好把写下来的东西扔进某个新建文件夹里，从此再不理会一直到 2019 年的秋天。

那时的我不知道中了什么邪，居然又动起了写长篇的念头。更出乎我意料的是，在闷头堆了三万多字的设定文档之后，写作的推进居然相当顺利。正文的字数一天天上涨，从一万到三万，然后是五万、八万，最后达到了十万之多。

当时我每天除了吃饭，耗时最长的活动就是窝在椅子里码字，觉得卡住了就下楼遛遛弯，有了想法就接着上楼写，有时写到半夜两三点，听着别人的呼噜声，还是困意全无。《流浪医生的末日病历》的第一卷就是在这样的环境里写成的。

感谢轻之文库的编辑们—阿步步、烟灰、霖千。如果没有几位编辑的帮助，这本书可能会像以前我脑子里那些点子一样，连个影子也留不下。

感谢出版社的各位。

最后，感谢各位读者的支持。由衷奉上最诚挚的谢意。希望能在下一卷继续与大家相见！

P.S. 如同前面所说，这本书是在 2019 年秋天构思和动笔的，当时的我无论如何也想不到，这本书里的某些设定会与现实发生微妙的重合—幸亏重合的部分并不多。事到如今，我也只能一边苦笑一边重申“本故事纯属虚构，如有雷同，纯属巧合”了。

P.P.S 有关作者的笔名，皮卡是一种车，皮卡第是一个地名，而皮卡第三度是一个音乐名词，它是一种和弦的连接方法，据说源于皮卡第，用来给一段黯淡的音乐画上一个明亮的句点。